KB276089

아파트 경비원

아파트 경비원

글 이응수 | 1판 1쇄 인쇄_ 2006년 10월 25일 | 1판 1쇄 발행_ 2006년 11월 5일 | 등록_ 2006년 8월 1일 (105-91-03955) | 발행처_ 도서출판 마음의숲 | 발행인_ 신혜경 | 주소_ 서울특별시 마포구 동교동 204-57 덕산빌딩 203호 | 주문전화_ 322-3164~5 | 팩스_ 322-3166 | © 2006, 이응수, 이 책의 저작권은 저자에게 있습니다. 저자와 출판사의 허락 없이 내용의 일부를 인용하거나 발췌하는 것을 금합니다. ISBN 89-958489-2-8 | 값은 뒤표지에 있습니다.

아파트 경비원

이응수 지음

마음의숲

지금 아파트에 살고 있는
사람들이 읽어야 할 이야기

"사람이 책을 만들지만 그 책이 사람을 만든다."는 말이 있는데, 이 말을 이렇게도 한번 응용해 봅니다. "사람이 집을 만들지만 그 집이 사람을 만든다."라고. 같은 사람이라도 어떤 옷을 입느냐에 따라서 그 생각과 행동이 달라질 수 있다는 말과도 상통하는 말이라고 봅니다. 정장 차림 때와 작업복을 입었을 때는 언행까지도 다르게 나타난다는 것을 우리는 경험으로 잘 알고 있습니다.

오래 전 내가 들은 재미있는 이야기 하나가 생각납니다.

친구 집에 놀러갔던 한 사내가 밤이 너무 늦어 그 집에서 묵게 되었습니다. 그런데 그날 저녁 갑자기 친구가 일이 생겨 나가는 바람에 사내 혼자 사랑방에서 잤습니다. 밤이 한참이나 되었을 무렵, 그때까지 잠을 못 이룬 사내는 우연히 머리맡에 놓여있는 호드기를 발견하고 호기심이 발동해 그걸 한번 불어보았습니다. 삐—.

그때였습니다. 갑자기 안방으로 통한 장지문이 드르륵 열리더니만 고쟁이 바람의 한 여자가 들어섰습니다. 여자는 들어오자마자 이불속으로 파고들었는데 자세히 본즉 그 여자는 남이 아닌 친구의 부인이었습니다. 그만 사내는 걸음아 날 살리라고는 속옷 바람으로 그 집을 튀어나오고 말았습니다.

사랑방과 안방이 따로 있는 우리네 재래의 주택에서 벌어진 부부생활의 한 촌극입니다.

그로부터 40여 년 뒤 오늘, 나는 한 아파트의 경비원으로 근무하면서 이런 일을 직접 겪어야 했습니다. 젊은 여자가 남편 출근 뒤 외출을 하면서 수문장인 내게 부탁했습니다.

"아저씨예. 오늘 혹 우리 애 아빠가 지 밖에 나간 일이 있느냐고 묻거든 없다고 캐주이소."

그런데 그날 저녁 여자의 남편은 귀가하면서 또 나에게 이렇게 물었습니다.

"오늘 혹시, 우리 집사람 밖에 안 나가던가요?"

참으로 딱한 부탁에 딱한 질문이 아닐 수 없습니다. 이런 경우 경비원들은 어떤 대답을 하는 것이 바림직한 답변이 될까요? 가정을 가진 여자가 남편 모르게 집을 비운다면 그 내용이 어떠할까, 그리고 그 여자의 남편은 왜 아내의 외출을 감시할까? 온갖 추측을 다 할 수 있는 상황입니다.

이 두 가지 촌극은 전통의 가옥과 아파트라는 새로운 가옥이 만들어낸 각각 다른 생활문화의 한 단면이라고도 볼 수 있습니다.

말하자면 주택이 바뀜으로서 그 속에 사는 사람들의 생활양태도 그렇게 변화해가고 있다는 말입니다.

아파트라는 새로운 개념의 주택이 이 나라에 들어온 지도 어언 40여 년, 2006년 현재 우리나라 주민의 63%가 '아파티즌'이라 합니다. 오늘날 우리들의 주거패턴이 어떤 양상이란 건 충분히 짐작가고도 남는다고 봐야 하겠지요.

경제학 용어에 스테이츠 심벌(States Symbol)이란 말이 있습니다. 어떤 상징물이 그 소유자의 경제적, 사회적 척도를 의미하는 말로 피아노, 승용차의 배기량, 골프 같은 것이 여기에 든다고 보면 됩니다. 그런데 언제부터인가 아파트의 평수가 이를 대신하게되었습니다. 말하자면 A아파트 30평에 사는 사람과 B아파트 60평에 사는 사람은 그 사실만으로도 그 사람의 경제적 위상은 물론사회적, 문화적 위상의 척도를 가늠할 수 있다는 말입니다.

요즘 우리 사회가 안고 있는 양극화 현상이 일반주택보다 아파트에 더 뚜렷하게 나타나는 것도 바로 이 때문이라고 생각합니다.

나는 이른바 IMF 이후 명퇴로 실직, 여기저기 기웃거리다가 모두 실패하고 호구지책의 한 방편으로 2년여를 아파트 경비원으로 보낸 일이 있습니다.

한 통계에 의하면 말년에 각종 업체의 경비원으로 종사하는 사람들이 50만이라고 합니다. 그런 곳에 근무하는 사람들은 대부분 이순(耳順) 전후의 나이를 고달프게, 힘겹게 보내는 사람들이라고 봅니다. 그들 가운데는 영관급 군 출신이 있는가 하면 대기업의 간부 출신도 있어, 봉급쟁이들의 종착역이 이곳이 아닐까 싶은 착각이 들정도로, 그곳은 각본 없는 인생유전이 펼쳐지는 곳이기도 합니다.

그곳에 근무하는 동안 나는 참으로 많은 것을 얻고 배웠으며, 그리고 무엇보다 많은 것을 느꼈습니다. 인생이 순풍에 돛단 듯 잘 풀릴 때 자신을 돌아보는 사람은 거의 없기에 말입니다.

동양화를 그리는데 홍운탁월(哄雲拓月)이란 기법이 있습니다. 달을 그리되 직접 달 모양을 그리지 않고 달을 둘러싼 구름을 그려 달의 둥글고 흰 형태를 잡아내는 화법이라지요.

지금 내가 하고자 하는 '아파티즌'의 이야기, 다시 말해 그들의 생활양태가 그렇게 묘사된 것이 아닐까, 조심스럽게 생각해봅니다. 어떤 변명을 하더라도 오다가보니 거기까지 온 것일 뿐, 좋아서 찾아온 것은 분명히 아닌 말년의 경비원 생활. 인생을 정리하는 내리막 길목에 선 사람들로서는 만감이 엉킬 수밖에 없는, 그리고 하나의 교외별전(敎外別傳)으로 가슴에 남는 일들을 보고들은 대로 그려봅니다.

| 차례 |

1장

아파트가 만들어낸 인간형

야릇한 속옷 차림의 아줌마 이야기

"따르릉 따르릉."

인터폰이 호들갑스럽게 울었다. 나는 TV에 눈을 박은 채 반 수면 상태로 앉아 있다가 놀란 가슴으로 수화기를 든다. 나도 모르게 꾸벅꾸벅 졸고 있었던 참이다. 그러나 이제 그런 일쯤 익숙할 만한 경륜이 쌓였지 싶은데도 인터폰은 언제나 나에겐 호들갑스럽게 들렸고, 그때마다 나는 안 놀란다 하면서도 늘 놀란다. 누군가에게 항상 감시를 받고 있는 듯한 느낌이 그렇게 작용을 하는 것이다. 직업의 특성상 어쩔 수 없는 일인 것 같다.

몰래 TV에 빠져 있다든지 졸고 있다는 건 적어도 나에게는 일종의 직무유기이기 때문에 자책감이 그렇게 나타난 것이리라. 얼른 TV 볼륨을 줄이고 수화기를 든다.

"여기 1902혼데요."

맑고 카랑한 여자 목소리다.

인터폰은 103동 1문으로 출입하는 30세대 외에도 아파트 관리사무소와 정문 경비실, 각 동의 경비실들과 연결되어 있다. 내 머리 속에는 1902호의 동그란 여자 얼굴을 떠오른다.

"아, 예."

"아자씨, 울집 보일러가 왔다갔다 하는데 한 번 봐 주실래요?"

저 집 여자는 언제나 '아저씨'를 '아자씨'라 부른다. 처음 들을 때는 기회 봐서 한번 바꿔주고 싶은 생각도 해봤었는데, 자주 들으니 듣는 사람 마음먹기에 달린 것 같아 이젠 그냥 대수롭잖게 듣고 있다.

시계로 눈이 간다. 인터폰만 들면 거의 습관적으로 내 눈은 시계를 읽는다. 경비실에서 일어나는 모든 상황이 결코 시간과 무관하지 않기 때문이다. 열쇠 하나를 주고받아도 그 시간을 기록으로 남겨야 한다. 11시가 넘어선 지 한참이나 되었다.

"어떻게 안 되는데요?"

"더운 물이 안 나옵니다."

"돌아가기는 계속 돌아가고 있습니까?"

"소리는 계속 나고 있걸랑요. 그러면 돌아간다고 봐야지요."

"계기판에는 이상 없구요?"

"글쎄요, 뭘……."

"점검에 불이 들어왔나, 안 들어왔나 그거 말입니다."

입으로는 보일러를 이야기 하지만 머릿속에는 저쪽 여자의 얼굴이 안 떠난다. 많아야 서른 이쪽저쪽인 여자는 유치원에 다니는 딸아이 하나와 친정어머니와 같이 살고 있다. 내가 여기 근무하기 직전에 전세로 들어와 사는 걸로 안다. 애기 아빠가 외국 지사로 발령이 나서, 그쪽 자리가 잡힐 때까지 여기에 와 있다는데 처음 듣기에는 서너 달도 못 채울 것 같더니만, 그 뒤로 계속 조용한 것으로 봐 그냥 눌러 사는 건 아닌지 모르겠다.

혼자 있는 여자치고 좀 야단스럽다 싶을 만큼 치장을 하고 다니는 것이 남 보기에 좀 그렇다는 인상을 주는 여자다. 최근에 친구들과 동남아를 다녀왔다면서 내게 싱가포르의 상징인 사자문양이 박힌 라이터 하나를 줘서 받은 일이 있다. 그러나 그 라이터는 순찰 돌던 우리 반의 손 반장이 보고, 담배도 안 피우는 사람이 웬 라이터냐며 타박까지 하고는 들고가 버렸다.

"아자씨, 그라지 말고 한 번 올라와 보세요. 아자씨가 보면 금세 알 수 있을 거예요."

여자가 콧소리로 조른다. 내 눈은 나도 모르게 또 한 번 시계 쪽으로 갔다 온다. 11시 반.

"알았습니다. 곧 올라갈게요."

나는 '순찰 중' 팻말을 문손잡이에 걸어놓곤 바로 올라갔다. 이럴 때 꼭 내가 올라가봐야 한다는 수칙은 없다. 자격증 가진 전기 기사가 24시간 따로 대기하고 있기 때문에 그쪽에다 연락만 해주면 그것으로 내 임무는 끝난다. 그러나 대개는 일차적으로 근무자인 내가 먼저 올라가 본다. 주민들 가운데는 형광등 하나도 못 갈아 끼워 뒷간에 앉아 개 부르듯 기사를 찾아 쉬운 건 경비원들이 봐줄 때가 많기 때문이다. 일손도 덜고 인화를 위해서다.

1902호는 19층 맨 꼭대기 집 서쪽에서 두 번째다. 안에서 알아보기 쉽게 얼굴을 도어뷰어에다 맞추고 초인종 단추를 누른다.

"문 열렸어요. 그냥 들어오세요."

기다렸다는 듯 여자의 말이 새어나온다. 내가 문을 밀치고 들어가자 여자가 큰방 쪽에서 숨바꼭질 하는 자세로 얼굴만 내놓은 채 밖을 지키고 있다. 밤 시간이라 그렇겠지만 집은 조용했다. 아무도 없는지 아니면 다른 사람들은 모두 자는 지 이상하게도 적막강산 느낌을 준다.

"그럼 내가 바로 들어가 보겠습니다."

여자와 눈을 맞춰 양해를 얻어서는 부엌 쪽으로 들어갔다. 보일러는 부엌에서 뒤쪽 베란다로 나가는 길목인 다용도실 안쪽 벽에 붙어있다. 〈남쪽나라〉 33평형 내부 구조는 모두 똑 같다. 계단을 가운데로 해서 방향만 다를 뿐이다.

보일러는 정상으로 돌아가고 있었다. 불꽃도 소리도 물의 양도 정상이었다. 고장 여부를 체크하는 밸브를 틀어본 즉 쏟아지는 물도 정상으로 뜨거웠다. 그래도 혹시나 싶어 보일러 박스의 카버를 열어 이상 유무를 확인해 보았다. 탈 날만한 것을 발견할 수가 없었다. 큰방으로 들어가는 수로 배관이 잠겨있는 건 아닐까 해서 컨트롤 박스를 보러 부엌으로 다시 나오는데 어느 틈에 나와 있었던지 여자가 식탁 옆에서 나를 딱 막고 서 있었다.

그런데 이게 어찌 된 일인가? 여자는 팬티만 입은 알몸에다 투명한 가운 잠옷 하나만을 걸친 채 주스 컵을 내밀었다.

"이거부터 한 잔 드시고 보세요."

여자가 쌍긋 웃는다. 나는 본능적으로 움찔 놀라 한걸음 물러섰다. 전혀, 아니 꿈에도 생각 못한 일이 눈앞에 벌어지고 있으니 아연할 수밖에.

눈을 우지끈 감았다가 다시 뜬다. 여자의 몸에 눈이 부셔 내 간으로는 대놓고 쳐다볼 수가 없다. 봉긋하고 탄탄한 젖무덤이며 그 위에 붙은 까만 젖꼭지가 그대로 다 드러나 있다. 방금 목욕을 했는지 샴푸 냄새까지 등천을 한다. 얼른 시선을 다른 데로 던져 마주치는 것을 피한다.

"저, 저, 잘 돌아갑니다. 보일러가 고장 난 거 아닌 거 같은데……."

내 말이 예순을 눈앞에 둔 사람 답지 않게 더듬더듬 허둥댄다.

"아자씨가 괜찮다면 괜찮겠지요. 그럼 제가 잘못 봤나 봐요. 우리 집에 모처럼 오셨는데, 자 이거 받으세요."

여자는 내 앞을 요지부동으로 꽉 막고 컵을 턱밑에다 들이밀었다. 여기에서 '모처럼'이 왜 나오는가. 나는 다른 방법도 없고 해서 엉거주춤 잔을 받아들고는 먼저 거실 쪽으로 나왔다.

누구 보는 이는 없지만 여자의 그런 차림과 마주 서있는 내 모

습이 남의 눈에 띌까봐 덜컥 겁이 난다. 여자의 행동으로 봐 집에
는 자기밖에 아무도 없음이 분명하다.

두어 모금 비운 잔을 놓을까 어쩔까하고 있는데 여자가 다시 바
짝 다가선다. 진한 여자 냄새, 화장 냄새가 와락 달려들어 안긴다.

"천천히 앉아 드세요."

"아닙니다. 됐습니다. 경비실도 비어있는데 그만 내려 가봐야지
요."

기어코 잔을 다 못 비우고 허겁지겁 거실을 빠져 나온다.

"이제 출입하는 사람들도 뜸할 텐데……."

여자가 뭐라고 말꼬리를 붙들었으나 나는 못들은 척 털어버렸
다. 문을 빠져나오면서 다시 한번 얼버무린다.

"보일러는 이상이 없습니다."

내려가 있는 승강기를 불러놓고 기다리고 있는 내 뒤에서 여자
는 손님 배웅하듯 문을 열어놓은 채 그냥 내다보고 있다.

"참, 아자씨두. 좀 쉬셨다가 가셔도 될 텐데. 괜한 일로 오시라
해서 미안합니다."

"……."

답변 대신에 힐끔 돌아다 본 내 눈에, 안쪽 불빛을 역광으로 받
은 여자의 나신이 선명하게 들어온다. 타놓은 가운 자락으로 빠져
나온 한쪽 허벅지가 또다시 보는 사람을 어지럽게 만들어 놓는다.

16, 17, 18, 19, 숫자판의 빨간 눈알만 지키고 있다가 승강기 문

이 열리는 걸 보곤 얼른 도망치듯 몸을 밀어 넣는다. 문이 닫히자 나도 모를 한숨이 절로 나온다. 한동안 막혔던 숨통이 그때서야 뚫어지는 것 같다.

경비실에 돌아온 지 한참이 지났는데도 밥공기를 엎어놓은 듯한 여자의 유방이 망막에서 떠나지 않는다. 오히려 더 선명하게 살아난다. 이상한 일이로다. 보일러가 고장 나서 나를 불러올린 건 분명히 아니다. 여자의 행동을 보면 쉽게 알 수 있다. 그렇다면 나를 의식적으로 불러들인 것밖에 안 되는데 왜 그랬을까?

지난 달 우리 을반이 비번일 때 야유회를 간 일이 있는데 그때 누군가의 입에서 이런 이야기가 나왔다. 자기네 골목 어느 집에선가 주인 여자에게서 현관문이 잠겨 출입할 수가 없으니 문을 좀 따 달라는 연락이 왔단다. 밖에서 못 연다면 모르지만 안에서 못 연다는 건 건물 구조상 있을 수가 없는 일인데도 그쪽에서는 구원을 청했고, 혹시나 싶어 부리나케 올라갔다고 한다.

문을 따 달라는 건 새빨간 거짓말이었고 들어서자마자 여자가 실오라기 하나 걸치지 않은 몸으로 비비 꼬면서 붙잡는 걸 걸음아 날 살려달라고는 내려왔다는 것이다.

좀 보탠 말인지는 몰라도 줄거리는 대략 그러했는데 문득 그 이야기가 떠올랐다. 당시 그 이야기를 듣고 이러쿵저러쿵 주고받았던 일들이 새삼스러웠다. 물론 농으로 주고받은 말들이지만 잘만 되면 꿩 먹고 알 먹는 일인데 그걸 그냥 두고 내려왔느냐는 말들이 주류를 이뤘다.

그때 나도 같이 거들어 수작들을 나누었지만 설마 그런 일이 있을까 했던 것이다. 그런데 그 일이 거짓말 같이 모양만 달랐지 꼭 그대로 내 앞에서 연출되었잖은가 말이다. 그렇다면 그때 그 양반 이야기도 거짓말은 아닐 것이다.

이상하게 심한 갈증이 찾아온다. 참으로 요상한 일이다. 냉장고 속에서 물병을 꺼내 나팔을 불어 들이킨다. 어쩌자고 여자가 그런 차림으로 외간 남자를 불러들였을까. 상대가 만만한 경비원이라서, 아니면 나이 차이가 심해 이쪽을 아예 남자로 보지 않은 건지, 그것도 아니면 보다 더 높은 데에다 목적을 둔 건 아닌지, 어느 쪽으로 해석을 하더라도 내 생각으론 알쏭달쏭 하기만 하다.

‘쉰아홉이 그렇게 많은 나이인가. 아니야, 그건 아닐 거야. 알 수는 없지만 오랫동안 남자 구경을 못한 허기(?)를 아주 쉽게 탈 없이 해결해보려는 시도에서 그런 몸짓을 보였을 지도 몰라.’

온갖 생각이 다 든다. 얽힌 실타래처럼 머리가 어수선하다. TV를 켠다. 여기저기 채널을 옮겨 다녀본다. 시간이 시간인 만큼 볼 만한 내용은 다 털어내고 방송국마다 마무리를 서두르고 있어 붙들어두고 싶은 화면도 없다. TV를 끈다. 보통 이때쯤이면 출입문을 닫아버린다. 문을 여닫을 때마다 종달새가 울도록 되어있는 조작 스위치를 켠다. 의자에 앉은 자세로는 가장 편안하게 몸을 뉘여 외투를 이불삼아 덮고서 풋잠이나마 눈을 부치려는 시간이다.

그런데 오늘 저녁은 다 틀린 것 같다. 여자의 헤실헤실한, 그러면서도 치뜬 눈 꼬리의 묘한 웃음이 온몸 구석구석을 열심히 뛰어다닌다. 털어내면 털어낼수록 더 집요하게 매달린다.

　율곡 선생의 시 한 구절이 문득 떠오른다. 밤에 한 여자가 찾아와 문을 두드리는 걸 조용히 돌려보낸 후 지은 것인가 보다.

閉門兮傷仁 폐문혜상인　同寢兮害義 동침혜해인
문을 열어주지 않으려니 어지러움이 상하고
문을 열어 맞이하자니 의로움에 해가 되겠네.

　어느 틈에 시간은 새벽 2시를 넘어서고 있다.

여기 꽁초 버린 양반은 정중히 사과하시오

"3월 3일경, 여기에 붙은 이 〈시나브로〉 담배꽁초를 우리 동 1101호 화단 쪽으로 던진 사람은, 이 전단을 보는 즉시 1101호로 찾아와 잘못을 시인하고 정중히 사과하길 바랍니다. 끝내 사과가 없으면 나는 이 아파트에 사는 동안 당신을 철저히 저주할 겁니다."

내가 〈남쪽나라〉 아파트 103동 제1문 경비실에 근무하던 첫날, 경비실 앞에 걸린 게시판에는 이런 쪽지가 한 장 붙어 있었다. 반상회 안내문과 나란히 붙은 그 A4용지에는 사인펜으로 눌러 쓴 그런 내용과 함께, 그 증거로 반쯤 타들어간 꽁초를 스카치테이프로 붙여놓았다. 이 날 교대 근무자와 인수인계를 다 마치고 난 뒤 내가 물어보았다.

"이건 언제부터 여기 붙어 있었나요?"

초년병의 신경을 건드릴 내용으로 충분할 뿐만 아니라, 흡사 경

찰에서 범인을 검거하기 위해 붙여놓은 전단을 보는 듯한 느낌을
받았기 때문이다.

"아, 참. 그거 내가 얘길 안 했구나. 한 열흘 쯤 될 거요. 그런데
그건 그런가보다고는 못 본 척 하시오. 붙인 사람이 뗄 때까지."

"붙인 지가 좀 된 거 같은데 보기도 그렇고 하니까 이제 떼버리
면 안 될까요?"

"그냥 둡시다. 잘못하다간 긁어 부스럼 만들 수도 있고 하니까
요. 그 사람, 원래 사람이 좀 그렇습니다."

그러면서 이런 이야기를 했다. 담배꽁초를 던진 사람이나 전단
을 붙인 사람이 서로를 다 알고 있다는 것이다. 즉 붙여놓은 사람
의 의도는 꼭 그 사람에게만 목적이 있는 게 아니라 담배꽁초를
함부로 버리는 모든 사람들에게 경각심을 주기위해 붙여놓은 것
같으니 그대로 두고 구경만 하자는 것이었다.

"알았습니다."

나는 고개를 끄덕이며 사람 사는 곳은 다른 데가 없구나, 생각
했다. 교대 근무자가 나가고 난 뒤 나는 그 전단을 한 번 더, 이번
엔 정독으로 읽어보았다. 독후감은 한마디로 입맛이 썼다. 이런
일이 많다는 건 이웃 간에 인심이 흉흉하다는 걸 의미하고, 인심
이 흉흉하고 보면 그만큼 경비원 노릇하가가 힘들다고 봐야하기
때문이다.

담배꽁초는 오나가나 말썽이다. 금연 건물이 많아지면서 흡연

장소가 줄어들어 애연가들의 입지가 점점 좁아지고 있는 게 현실이다. 특히 사방이 콘크리트 벽으로 꽉 막힌 아파트 생활에서는 더욱 그러하다. 아마 누군가가 베란다에서 피우고는 슬쩍 버렸는가본데 좋은 모양새는 분명히 아니다. 진작 담배를 끊은 게 참 잘했다.

나의 아파트 경비원 생활은 이렇게 시작되었다. K통신 지방 본부의 홍보실 팀장으로 있다가 명예퇴직으로 나온 지 4년 8개월 만의 일이다. 2개월 전 음력 정초에 나는 같이 명퇴한 전 직장 동료에게 적당한 일자리 하나를 부탁해두었다. 그는 직장에 있을 때보다 나온 뒤에 더 열심히 뛰고 있는 사람이라는 걸 내가 잘 알고 있기 때문에, 한마디 던져놓으면 너른 지면(知面)으로 해서 무슨 구멍이 생기지 않을까 해서다.

이력서를 내놓고 달포 만에 연락이 왔다. 날짜를 박아놓고 그날 나와 달라는 통보였다. 나는 두근거림과 떨림, 이왕에 던져놓은 주사위라 나를 실험해본다는 착잡한 심정으로 〈남쪽나라〉 아파트의 관리사무소를 찾았다.

지은 지 5년쯤 되는 아직은 새 아파트다. 사무소 앞 게시판 옆 화단에는 마치 잉걸불을 피워놓은 듯 영산홍이 한창이었다. 관리소장이란 명패가 얹힌 책상 앞으로 가서 정중히 고개를 숙였다.

"안녕하십니까. 복현동에서 왔는데 그저께 전화 연락을 받고 온 사람입니다.”

마른 명태라는 별명을 달아주었으면 썩 어울릴 듯한, 모양 없이 마른 관리소장은 내 인사를 받더니만, 기다리고 있었다는 듯 그러나 조금 어두운 얼굴로 응접 세트가 놓인 쪽으로 자리를 옮겨 나를 맞아주었다. 손수 빼온 자판기 커피를 내 앞에다 놓고 악수까지 청하고도 끝내 웃음만은 보이지 않았다.

“난 어제 나오실 줄 알았는데…….”

어두운 얼굴의 의미를 그때서야 알 것 같았다.

“어데 좀 나가 있다가 늦었습니다. 첫 인상이 중요한데 일찍 못 나와서 죄송합니다.”

내가 웃는 얼굴로 거짓말을 했다.

“그런데, 이 일을 하겠습니까?”

두 번째 건너온 말도 나에게는 삐딱하게 들렸다. 누구에게 무슨 말을 들은 것일까? 묻는 말투가 이력서에 없는 내 전력을 알고 있는 듯한 느낌을 주었다.

“다른 사람들도 다 하는데 하면 안 되겠습니까. 배워가면서 부지런히 해보겠습니다.”

나는 나대로 대답해버렸다.

“그럼, 이왕 작심하고 들어온 거니까 잘 좀 해주십쇼.”

“알겠습니다. 열심히 하겠습니다.”

“이미 들으셨는지는 모르겠습니다만 전임자가 왜 나갔느냐 하면 말실수 때문에 그렇게 됐습니다. 경비원들 임무 가운데 가장 큰 비중을 차지하고 있는 것은 도난 방지입니다. 누구나 다 아는 사실이죠. 그런데 그 위에 있는 것이 하나 있습니다. 주민들의 사생활 보호가 그겁니다. 쉽게 말해 입이 좀 무거워야 한다 그 말입니다. 내가 이렇게 말하면 무슨 뜻인지 잘 아실 겁니다.”

“예, 알겠습니다.”

“그리고 우리 〈남쪽나라〉에 근무하는 경비원들의 평균 연령이 예순 둘입니다. 쉰일곱에서 예순 여섯 된 분까지 있는데 우리 이 씨는, 말씀드리기가 좀 그렇습니다만 42년생이니까 어쨌건 젊다고 봐야겠지요. 그렇더라도 가정에서는 모두 어른 대접을 받는 분들 아닙니까. 허나 여기에 근무하다보면 어른 대접 못 받는 경우가 태반입니다. 안 할 말로 주민들 가운데는 몸종 부리듯 하는 사람들도 있습니다. 그러나 어쩝니까? 참는 데까지는 참고 견디야지요. 불만을 가져봐야 절이 미우면 중이 나가야지 절간을 옮길 수는 없는 노릇이거든요. 주민들 주머니에서 우리 월급이 나오는 거니까 어쩔 수가 없습니다. 이런저런 할 얘기가 많습니다만 여기서 다 할 수는 없는 거고, 또 해봐야 그 소리가 그 소리고 하니까 근무해가면서 터득해 나가도록 하고 이만 끝내겠습니다. 여기 관리수칙 읽어보시면 잘 알겁니다. 마음 쏟아 근무해보면 경우에 따라서는 웃는 일도 아주 없는 건 아니니까 잘 부탁합니다. 한 번 더 말씀드리지만 잘 좀 해주시고, 우리하고 같이 근무하게 된 걸 진심으로 환영합니다.”

　말을 마친 관리소장은 새삼스레 또 손을 내밀어 악수를 청했다. 너무 말라 나이 짐작이 힘들었는데 이야기를 듣고 보니 그의 나이가 어느 정도 보였다. 말투 하나만 봐도 그만하면 소장 감으로는 됐다 싶은 인상을 충분히 주는 사람이었다.

　나는 소장이 갖다놓은 커피를 그때서야 들면서 탁자 위에 놓인 임명장과 관리수칙을 눈으로 읽어보았다. 눈은 거기에 가 있으나 머릿속은 그저께 나에게 통보해준 그 사람이 한 이야기 속을 헤매고 있었다.

　나에게 연락해준 사람은 내 친구가 아니다. 그 친구가 다른 사람에게 부탁을 해두어 그 사람에게서 연락이 왔고, 그 사람은 내 전임자가 이곳을 그만 두게 된 까닭을 이렇게 늘어놓았다.

　어떤 중년 남자가 부인 몰래 여자를 두어 〈남쪽나라〉에다 집을 얻어주고 은밀히 나들었다. 경비원이 그 사정을 모를 턱이 없다. 그런데 부인이 그 사실을 눈치 채고 몰래 경비실을 찾았다. 그리고는 경비원에게 봉투를 하나 건네주며 자기 남편이 이곳에 나타나면 연락해 달라고는 전화번호를 적어주고는 돌아갔다. 불륜의 현장을 급습해서 일을 처리하겠다는 부인 쪽 전략이었다.

　며칠 뒤 남자가 나타났고 경비원은 그 사실을 그대로 전했다. 이내 부인이 자기 패거리를 데리고 등장했다. 그날 아파트 광장에는 돈 주고도 구경하기 어려운 큰 굿판이 벌어지고 말았다.

밀고한 경비원은 그때까지도 대수롭잖게 생각하고 남들처럼 구경만 했다. 그러나 다음날 그에게는 그 날짜로 그만두라는, 말하자면 직권면직이란 폭탄이 떨어졌다. 그런데 그 양반이 나가면서 남겼다는 말이 사람을 웃긴다.

"제기랄, 그럼 단란한 가정이 박살나는데도 그걸 가만히 구경만하고 있으란 말야. 나가라니까 나가긴 나간다마는 나는 내가 잘못해서 나간다고는 생각하지 않는다, 그렇게들만 아시우."

들을 때는 한 번 웃는 것만으로 예사로 듣고 흘려버렸는데 오늘 여기 와서 보니 그게 뼈가 있는 이야기로 안긴다. 사생활 보호가 참 중요하다는 생각을 새삼스레 갖게 하는 대목이다.

여사무원이 시키는 대로 도장 찍을 곳엔 도장을 찍고, 받을 건 받아들고 나오는데 나의 등에다가 소장이 한 마디 더 실었다.

"저어, 바로 집으로 가지마시고 이씨가 근무하게 될 103동 1문으로 가 보세요. 짝꿍 될 양반이 구씨인데 지금 그분이 근무하고 있으니까 같이 수인사도 나누면서 이것저것 물어보십쇼. 그 분 아주 좋은 분입니다. 한번 만나보시면 어떤 사람이란 걸 잘 알 거예요."

나는 그때부터 오전 한나절을 자장면을 시켜먹으면서 내가 근무해야 될 경비실에서 구씨와 같이 보냈다. 구씨는 나보다 세 살이 더 많은 연장자로 여기 근무한 지가 2년째 든다고 했다. 당장 내일부터 24시간 맞교대로 근무에 들어가야 하니까 아는 데까지 알아두어야 근무하는데 지장이 없겠다면서, 먼저 아파트 단지의 구조와 관리 체계부터 설명해주었다.

〈남쪽나라〉에는 모두 5동 840세대로 26평에서 56평까지 다양하게 들어있다. 부속 청사로는 노인정과 유아원, 관리사무실이 들어있는 2층짜리 건물이 있고, 지하 1층 지상 3층짜리 상가가 별동으로 있는데 거기엔 1, 2층은 상가로 3층은 독서실, 그리고 지하층은 탁구교실이 들어있다.

"작년까지만 해도 지하층엔 부녀자들이 에어로빅을 했습니다. 그런데 말썽이 좀 있어서 탁구교실로 바꾼 겁니다."

이야기 틈으로 간단한 내력도 들려주었다. 주차시설은 지상의 280대, 두 개의 지하 주차장에 500대 해서 그냥저냥 800대 정도 소화시킬 수 있는 공간이 있으나 한 집에 두 대, 세 대 있는 집들이 있어 요즘은 많이 모자란다고 했다. 또한 세 개의 어린이 놀이터와 베드민턴이나 족구같은 것을 할 수 있는 간이 운동장 한 면이 달려있다고 했다.

구씨는 사전에 들은 말도 있지만, 얼굴에도 사람 좋다는 말이 쓰여 있을 정도로 좋은 인상을 주었다. 그와 이야기를 나누고 있는 동안에도 나는 몇 번인가 저렇게 사리가 정연하고 인품도 있는 사람이 왜 이런데 와서 저러고 있을까 하는 생각을 했다.

근무요령에 대해서는 그때그때 상황에 따라 옆문 사람에게 물어 대처하면 된다면서 딱 두 가지를 당부했다. 각 호실 사람들을 빨리 아는 것과 어른들보다는 어린 아이들에게 배로 신경을 써달라는 것이었다. 이야기 끝에 구씨는 이런 말을 하나 더 보탰다.

“여기에 근무하는 분들이 모두 자기가 경비원으로 있다는 걸 주변에서 알까봐 쉬쉬하고 있는 거 같더라구요. 직업에 귀천이 없다지만 그거 극복하기가 좀 그런가 봐. 지금 우리 교대시간이 오전 6시인데 이게 여름 같으면 괜찮지만 겨울철엔 캄캄한 시간이거든요. 그래서 내가 너무 이르지 않느냐며 좀 늦추자고 제의를 했더니 모두 펄쩍 뛰는 거예요. 다 늙어 빠져가지고 자가용을 타고 다녀도 뭣할 판에 시커먼 경비복 입고 다니는 꼬락서니를 남에게 봬주어 좋을 게 뭐가 있느냐는 겁니다. 하도 소리가 커 지고 말았습니다만 너무 그렇게까지는 생각 안 해도 되지 싶은데, 나로서는 그런 게 좀 못 마땅하대요.”

첫날부터 구씨의 이야기는 나에게 많은 것을 일깨워주었다. 바로 친형같이 후덕한 인상을 진하게 풍겼다. 그의 이야기가 어느 정도 끝난 것을 보고 내가 하나 물어보았다.

“내 전임자가 말을 잘못해서 나갔다는데 그게 사실입니까?”

내게 일자리를 안내해준 사람에게 들은 소리가 있는 것도 그렇지만 골목의 분위기도 좀 알고 싶어서다. 구씨가 잠시 생각에 묻히더니만 그때서야 알겠다는 듯 고개를 끄덕이며 말했다.

“아, 그 양반. 그런 일이 좀 있었지요. 우리 동 사람은 아니고 105동 사람인데 어쨌거나 그 사람 후임으로 들어왔으니까 전임자가 맞긴 맞습니다만."

"알겠습니다. 같이 근무하는 동안 잘 좀 보살펴 주십쇼."

그밖에도 여러 가지를 생각나는 대로 물어보곤 저물녘에야 돌아왔다. 나의 아파트 경비원 생활의 첫날은 그렇게 시작되었다.

한 밤의 불 켜진 창은 무슨 사연?

깜박 졸음에 빠졌던 모양이다. 무슨 일이 있더라도 자정 전에는 안 졸겠다고 다짐에 다짐을 거듭했지만 그게 잘 안 된다. 이젠 체력이 한계에 온 것일까. 몸이 마음을 못 따를 때가 많다.

나는 억지로 눈을 떠 시계를 본다. 12시 50분. 반장이 순찰을 다녀가고 어느 방송인지는 모르지만 12시 반 마지막 뉴스를 들은 기억도 나는데 그 뒤는 모르겠다. 2, 30여분은 족히 졸지 않았는가 생각된다. 반장이 방금 다녀갔다는 안도감이 잠시나마 정신적 해이를 불러들인 것 같다.

지난 번 단지 내 부녀회의에서 토론된 내용들을 나는 회람을 통해 잘 알고 있다. 아직 가결 된 것은 아니지만 경비실에 TV를 없애자는 이야기가 나왔던 모양이다. 이미 전에도 한 번 있었던 이야긴데 이번 기회에 바로 잡자는 뜻으로 보아진다. 경비실에 TV를 보도록 둔 아파트는 별로 없다는 말도 들렸다. TV를 켜놓은 채 입을 헤벌리고 자고 있는 모습이 내왕하는 주민들의 눈살을 찌푸리

게 한 것 같았다. 충분히 수긍이 가는 대목이다. 앞으로 TV를 보고 못 보는 건 경비원들의 처신 여하에 달렸다는 경고로도 해석해보지만 마음이 무겁다.

나는 얼른 TV부터 껐다. 밖으로 나온다. 계단 밑에 내려와서는 '으악' 소리까지 내어 크게 기지개를 켜고 온몸에 주렁주렁 달려 있는 졸음을 털어낸다. 우두둑, 뼈마디 꺾이는 소리들이 관절 곳곳에서 났다.

입하가 다 된 날씨인데도 밤공기는 찼다. 잠을 쫓으려 한참 있었더니 이내 온 몸이 오스스 떨린다. 그러나 그냥 참는 데까지 참아본다. 사방으로 19층의 콘크리트 성벽이 시야를 꽉 막고 있다. 시야만 막고 있는 것이 아니라 마음까지 답답하게 막고 있다. 맑은 날씨라 하늘에는 반짝이는 별들이 더러 보일 법도 한데 전혀 보이질 않는다. 퇴행성 시력 탓인지 아니면 사방 밝혀 놓은 수은등 조명에 짓눌려 그런지, 일부러 헤집고 찾아봐도 하나를 찾을 수가 없다. 혼탁한 공기의 영향도 전혀 없지는 않을 것이다.

나는 뭐 좀 꿈적거릴 일이 없나 하고 두리번거리다가 계단 모퉁이에 박혀 있는 동백 화분을 찾아낸다. 구씨가 작년 가을에 어느 집에서 버리려고 들고 나온 것을 아깝다고 받아둔 것이다. 경비실 안에 두고 길러오다가 날이 풀리는 것을 보고 밖에 내놓았다. 곳곳에 도톰한 꽃봉오리가 제법이다. 화분을 들고 3문 모퉁이에 있는 수도에 가서 물을 먹여서는 제자리에 갖다 놓는다. 어느 틈에 보았던지 3문의 김씨가 내다보곤 빈정거린다.

"게으른 이가 정월 초하룻날 지개 지고 나선다더니만 이 밤중에 웬일이여."

"게을러도 불은 지펴야 될 거 아닌가요."

말장난임을 알고 건성 받아준다. 또 뭐 다른 할 일이 없을까 생각하다가 시야를 꽉 막고 있는 앞 동을 멀거니 올려다본다. 집을 포개놓고 사는 걸 맨 처음 고안해 낸 사람이 누구일까, 잠시 그런 생각에 잠겨본다. 한 동에 200세대가 차곡차곡 쌓여 살고 있다. 200세대가 한 건물 안에서 저마다 독립된 가정을 이루며 살고 있다는 게 참으로 놀랍다.

내가 어렸을 때 자란 우리 고향은 군에서 가장 큰 자연부락인데도 200세대가 못된다. 큰 동네 하나가 한 건물 안에 오밀조밀 붙어 포개어 살고 있는 셈이다.

시간이 시간인 만큼 대다수의 집 창은 불이 꺼져있고 손가락으로 셀 수 있는 몇몇 곳에만 불빛이 보인다. 한참을 보고 있노라니 창문 모습이 흡사 빈칸 메우기 크로스워드 퍼즐처럼 보인다. 생각이 그렇게 머물자 그만 그쪽 창 안의 현상도 그렇게 변하는 것 같다. 불이 하얗게 켜 있는 집은 아직 문제가 안 풀려 빈칸으로 남아 있는 집, 일테면 일 나간 가족이 아직 들어오지 않았거나 입시생이나 환자가 있는 집 등으로 볼 수 있다. 불이 꺼진 창은 하루 일을 모두 끝내고 가족 모두가 편안히 꿈나라로 가 있는 집으로 말하자면 답을 메운 칸이다.

하루 걸러서 한 번씩 앞 동의 밤 전경을 지켜보았지만 아직 나는 불빛이 완전히 없어진 걸 한 번도 본 일이 없다. 새벽 3시에도 4시에도 언제나 대여섯 집은 늘 불이 켜져 있다. 이제는 그냥 그런 가보다고 예사로 보아 넘길 수 있지만 처음 한 동안은 무슨 일로 그때까지 불을 켜놓았을까 생각해보곤 했다.

나는 멀찌감치 나가서 이번엔 내가 맡고 있는 우리 103동 1문의 38세대의 창을 죽 올려다본다. 두 곳이나 불이 켜져 있다. 1502호와 701호. 701호는 얼마 전에 전세로 들어와 사는 집인데 뇌성마비 지체부자유 아이가 있는 집이다. 형제 중 큰 아이가 그렇다. 특수학교에 보내기 위해 아침저녁으로 어머니가 아이를 업어서는 단지 안까지 들어오는 승합 통근차에 승하차 시켜주곤 하는데 그 모습은 볼 때마다 가슴을 아리게 한다.

그런 일을 보면 가족이 모두 건강하다는 것, 그 사실 하나만으로도 축복받은 일이 아닌가 싶을 때가 많다. 그들이 이쪽으로 집을 옮긴 이유도 특수학교가 가깝게 있기 때문이다. 그런데 701호를 생각하면 그 아래층인 601호에 사는 영감이 자연스레 떠오른다. 영감은 걸핏하면 인터폰으로 사람을 불러 못 견디게 했다.

"야, 이 사람들아. 우리 위층에 한번 올라가 봐라. 돼지 새끼를 키우는 것도 아닐 텐데 왜 이렇게 천정에서 뇌성이 치는지 모르겠다."

"예, 알았습니다. 아이들이 장난을 치는 모양인데 못 그러게 연락을 하죠."

나도 처음엔 대수롭잖게 영감의 뜻을 그대로 위층에다 전했다. 아파트 생활에서 그런 일은 흔하기 때문이다. 그리고는 601호에다 이야기했다.

"영감님. 이제 곧 괜찮을 겁니다."

그런데 5분도 안 돼 또 영감에게서 연락이 왔다.

"지금 시간이 몇 시고? 잠을 잘 수가 없다니까. 사람의 새끼들이라면 왜 그렇게 말을 안 듣는 다냐. 응?"

말까지 반말 조다. 나이야 저쪽이 좀 많다고 하나 다 같이 늙어가는 처지에 한두 번 말이지 영 듣기가 안 좋다. 그러나 나는 내 위치가 있기 때문에 좋게 해석하고 받아들였다.

"떠들지 않기로 했는데요."

"안 떠들기는 뭐가 안 떠들어. 지금도 연방 벼락이 떨어지는데. 그 집에 무슨 야간 공장 차린 거 아녀. 이거 하루 이틀두 아니고 큰 일이구만. 사람이 말라 죽겠다니까. 원."

"제가 한 번 올라가 보죠."

나는 도리 없이 올라가 보았다. 아이들 일이라면 따끔하게 경고를 해줄 셈에서다. 그런데 막상 올라가서 보니 그게 아니었다. 뇌성마비 지체부자유 아이가 어머니의 도움을 받아 목발로 홀로서기 걸음마를 배우고 있었다. 딴에는 아래층에 피해가 안가게 조심스레 한다고 바닥에 담요를 겹으로 깔아놓고 있었다. 그런데도 연방 넘어지고 또 혼자 넘어진 몸을 일으키느라 아등바등 하다 보니 바닥에 충격이 간 모양이다.

"……."

벼르고 올라갔으나 입이 떨어지질 않았다. 오히려 도와주고 싶은 마음까지 들었다. 그냥 문을 닫고 돌아서는데 아주머니가 내다보았다.

"아래층 할아버지 때문에 그러시지요."

아이 어머니도 내가 찾아온 까닭을 알고 있었다.

"아닙니다, 그냥……."

아래층에다 양해를 구하는 것이 낫겠다 싶어 내려오고 말았다. 그리고는 새로 영감을 찾아 위층의 처지를 설명하고는 참는 김에 조금만 더 참아달라고 사정을 했다. 형편이 나은 쪽에다 부탁하는 수밖에 도리가 없다. 그러나 영감은 막무가내다. 나중에는 원색적인 욕설까지 퍼부으며 나섰다.

"그게 바로 병신 육갑 짓는 거라구. 그래, 그네들 걸음마 연습한다구 이 늙은 놈은 잠을 자지마라, 그 말인가?"

"그런 뜻은 아니구요."

"지금 당신 이야기가 바로 그거 아냐. 그런 뜻이 아니라면 뭐야?"

"그쪽이 어려우니까 좀 도와주셨으면 해서……."

"그게 그 말 아닌가. 나도 지금 죽을 지경이다. 그놈들 살리려고 내가 죽으란 말 아니야."

영감 성깔에 손톱도 들어가지 않았다. 보통 고집불통이 아니었다. 그쪽 사정만 있고 내 사정은 없는 그런 개뼈다귀 같은 수작은 말라는 것이다. 두 집 사이의 문제는 아직 그냥 남아있다. 또 언제 터질지 모르는 휴화산일 뿐이다. 이웃 간의 불화를 모두 직접 해결하지 않고 하나같이 경비원이란 다리를 놓아 이러쿵저러쿵 하니 가운데서 죄 없는 사람들만 죽을 노릇이다.

그런데 1502호는 왜 아직 불이 켜져 있을까? 일흔 중반의 할머니 혼자 사는 집이다. 가끔 손자라는 대학생 차림의 청년 하나가 시도 때도 없이 나들기는 한다. 자식이 부근 주택에 살고 있는데 집이 좁아 우선 할머니와 큰 아들을 이곳 아파트에 살게 하고 있다고 했다. 하지만 그건 그들의 이야기고 구씨 말에 의하면 고부 간의 갈등 때문에 그렇게 지내고 있다고 했다.

내 눈에도 그렇게 보였다. 2, 3일에 한 번씩 반찬 따위를 해서 찾아오는 며느리의 표정과 행동에서 그런걸 은연중에 느낄 수가 있었다. 재미있는 건 그들은 주택에 살면서도 1502호의 자격으로 아파트 주차장을 당당하게 이용한다는 사실이다.

그런데 왜 저런 집에서 지금까지 불을 켜놓았을까. 학생이 공부를 하는 것일까, 아니면 초저녁에 눈을 한번 부친 할머니가 다시 불을 켜놓고 시름을 달래고 있는 것일까? 그때 쯤 해서 1502호에서 불이 꺼졌다. 마치 '우리 집은 아무런 문제가 없는 집이라오.' 하고 말하듯이 말이다.

나는 맨손 채조를 하며 주변 마당을 한번 돈다. 아직 떠나지 않는 졸음을 쫓기 위해서다. 다른 경비원들을 힐끔거리며 이 동, 저 동 앞을 한 바퀴 돈다. 꾸벅꾸벅 조는 사람, TV에 빠져있는 사람, 무슨 상념에 젖어있는지 혼자 멍하니 앉아있는 사람 등 각양각색이다. 101동 모퉁이에 조각으로 세워놓은 조형물 앞에서 걸음을 멈춘다. 스텐과 돌을 묘하게 얽어 만든 추상으로, 표지판에는 '무지개' 란 제목 아래 주민들의 화목과 단란을 상징한다는 주석이 들어있다. 그쪽으론 문외한이라 그런지 아무리 뜯어 맞추어 봐도 무지개의 형상을 찾아내기란 힘들었다. 한쪽 모퉁이가 떨어져 나가서 더했다. 언젠가 한쪽 부품이 떨어져 나간 이 조형물을 두고 잔뜩 열을 올리던 손 반장의 얼굴이 떠오른다.

"하여튼 희한한 사람들이야. 지 새끼 귀한 것만 알았지 공공 물건 아끼는 마음은 손톱만큼도 없다니까 그래. 그래놓고도 뭐 신세대가 어떻고 나발을 불고 있으니 참 기도 안찰 일이지. 그거 수리할 돈은 어디서 나오는데, 다 지 주머니에서 나온다는 거 그것도 한번 생각해 봐야할 거 아냐? 부숴놓으니까 엔간히도 보기 좋다. 얌통머리 없는 사람들."

한 젊은 엄마가 아이를 그 조형물 위에 올려놓고는 매달려 놀도록 그냥 두기에 못 올라가게 말렸더니 별놈의 간섭을 다 한다며 대들더라는 것이다. 그래서 오냐 너희 물건 네가 부수든지 차든지 네 맘대로 하라고는 그냥 두었더니 결국은 저렇게 탈을 냈다며 투덜거렸었다.

그때쯤에서야 목덜미 쪽과 소매 끝이 시려 옴을 느끼고 경비실로 들어온다. 1시 30분. 나는 의자에 몸을 깊숙이 묻고 담요를 펴서 무릎을 덮고는 눈을 감는다. 못된 말이지만 장좌불와(長坐佛臥), 좌탈입망(坐脫立亡) 같은 참선하는 스님들의 모습도 한번 그려본다. 언제 깰지 모르는 잠, 우선 조용할 때 조금이나마 벌어두기 위해서다.

가스 배관을 타고 올라가 사랑 고백을 한 청년

"휙— 휙—"

호루라기 소리가 조용한 밤하늘을 찢어놓았다. 호루라기 소리에 잠이 깼는지, 깨어나서 그 소리를 들었는지는 모르지만 호루라기 소리가 등천을 했다. 소리의 임자가 우리 반장이라는 것도 정확하게 알 수 있었다.

어느 틈에 눈은 창틀 위에 걸린 벽시계를 더듬고 있다. 3시 20분. 한 밤중이었다. 우리네들 잠이야 잔다고 할 수도 없지만 눈을 붙인다고 자리를 잡은 지 한 시간 남짓 된 시각이다. 이 밤중에 무슨 일일까, 얼른 벗어놓은 모자를 쓰고 밖으로 나왔다. 계단 밑을 내려서는데 옆문 강씨도 고개를 내밀었다.

"무슨 일이야?"

"글쎄."

'휙— 휙—' 호루라기 소리는 계속 났다. 그런데 어디에서 나는지 분간이 가질 않았다. 사방 벽에 반사가 돼 더했다.

"어디서 나는 거고?"

"후문 쪽 같은데."

그때 101동 경비원 한 사람이 가로등이 만든 긴 그림자를 달고 102동으로 뛰어가는 게 보였다. 늙은이 걸음걸이에다가 졸다가 나온 걸음새라 뒤뚱뒤뚱 흔들렸다. 엉거주춤하기 짝이 없다.

'저런 사람들이 경비를 하다니, 남도 내 걸음새를 보면 그렇게 생각하겠지.'

"우리도 가보자."

강씨와 같이 그쪽으로 갔다. 진원지는 102동 뒤쪽이었다. 손 반장이 102동 경비원 두 사람과 같이 거기 있는 게 보였다. 무슨 일인가 해서 다가갔다. 손 반장의 손전등이 아파트 뒷벽을 훑고 있었고, 그 불빛 끝에 검은 물체가 나타났다. 사람이었다. 층수를 헤어보니 6층이었다. 웬 사내 하나가 거기까지 가스 배관을 타고 올라가 스파이더맨처럼 거기에 딱 붙어있었다. 보는 것만으로도 불안하고 아슬아슬하다.

"야 임마. 내려와."

반장이 고함을 쳤다. 사내는 꼼짝 않고 그대로 붙어있어 건물의 한 부분처럼 보였다.

"………."

응답이 없다. 얼굴도 감춘 채다.

"빨리 내려와, 임마. 당장 안 내려오면 경찰에다 연락할 거야."

　손 반장은 그 말 한 마디를 던져놓고는 또 호루라기를 회회 불었다.

　"아니 저기까지 어떻게 올라갔나. 재주도 용하지. 애인 만나는 것도 좋지만 이건 너무한 거 아냐?"

　앞서 와 있던 한 경비원 입에서 나온 말이다.

　"아, 그래? 난 도둑이라고."

　그때까지 나는 벽에 붙은 사내를 양상군자(梁上君子)로 알았다.

　"짝사랑 애인이 만나주질 않아 저런다는구려."

　손 반장의 이야기다. 조금 전에 이런 일이 있었다고 한다. 102동 3문 경비실 인터폰이 호들갑스레 울었다. 수화기를 들자 다급한 여자 목소리가 쏟아졌다. 남자가 자꾸 만나자며 문을 열어달라는 걸 안 열어줬더니 아파트 뒤로 난 가스 배관을 타고 올라와 창문을 두드린다는, 그래서 무서워 죽겠다는 신고였다. 신고를 받은 경비원이 바로 손 반장에게 연락해 지금 상황이 벌어졌다는 것이다.

　여자를 만나러 저런 모험을 하고 있다는 걸 생각하니 순간적으로 연민의 정 같은 것이 머리를 스치는 게 딱한 생각마저 들었다. 만용일 수도 있겠지만 순수한 저런 열정이 아무에게나 나오는 게 아니기에 말이다.

　"반장님, 그만 파출소에다 연락합시다. 그라믄 우리 일은 덜 거 아입니까."

같이 간 강씨가 제안했다.

"기다리는 김에 조금만 더 기다려 보자고. 도둑도 아닌데……."

"저런 놈은 혼쭐을 좀 빼놔야 한다카이."

"혼쭐은 둘째치고 파출소에 연락하면 더 시끄러워요."

반장이 손을 저었다. 아마 며칠 전에 있었던 일을 생각하고 그러는 모양이다. 그때도 새벽 두세 시는 가깝게 되었을 무렵이었다. 하늘을 찢는 남녀의 목소리가 단지를 흔들었다. 처음에는 모두 부부싸움이거니, 저러다가 곧 수그러들겠지 생각했다. 그런데 오가는 말투가 그게 아니었다. 처음엔 소리만 크다 했더니 이윽고 육두문자가 오고갔다. 아이들이 자지러지게 우는 소리도 들렸다.

시동생과 형수의 싸움이라고 했다. 두 사람 사이가 서로 어려운 사이인데도 입에 못 담을 욕을 퍼부으며 난리를 치는 것이었다. 단잠을 깬 아파트 주민들이 머리를 창밖으로 내놓고 구경을 했다. 처음엔 구경삼아 내다보던 사람들이 이윽고 한 소리씩 던졌다.

"야 이 사람들아, 제발 잠 좀 자자. 여기가 당신네들 안방인 줄 아나."

"망할 놈의 새끼들 아냐. 이 밤중에 저게 무슨 놈의 짓들이야."

주민들로서도 짜증나는 건 당연했다. 일의 내용으로 봐 경비원들도 깊이 관여하기가 뭣해 그냥 둬 그런지는 모르지만 속수무책이었다. 그런데 누가 연락을 했는지 이내 경찰이 사이렌을 울리며 나타났고 그런 뒤에서야 간신히 평정되었다.

그런데 혹이 하나 붙었다. 어느 놈이 경찰에다 신고했느냐며 싸운 당사자들이 경비원들을 물고 늘어진 것이다. 불꽃이 엉뚱한 방향으로 튄 것이다. 결국 그날 저녁 중간에서 죄 없는 경비원들만 죽을 곤욕을 치룬 일이 있었다. 그때와 경우는 다르지만 지금 반장이 파출소 연락을 꺼리는 건 그런 상황을 염두에 둔 것 같았다.

"야, 이 사람아 고만 좋은 말 할 때 내려오너라."

이제 손 반장이 손나팔을 만들어 부드러운 목소리로 타이르고 있다. 사내가 내려온 건 그러고도 2, 30분이 지난 뒤었다. 처음엔 인질극 모양 자기가 찾는 여자를 만나게 해줘야만 내려오겠다고 턱도 없는 앙탈을 부려 일이 좀 번거롭겠다 싶더니만 그만해도 수월하게 결말이 났다. 사건은 손 반장이 사내를 타일러 돌려보내는 것으로 막을 내렸다. 호루라기를 불고 야단법석을 떨 때와는 달리 시무룩하게 끝난 셈이다.

이미 날은 새벽으로 치닫고 있었다. 새로 눈을 부치기에도 뭣한 시간이었다. 혼자 경비실에 앉아 조금 전에 있었던 일을 그려보자 조그만 추억 한 조각이 어제 일처럼 떠올랐다.

고등학교 3학년 때 일이다. 친구 가운데 하나가 이웃 동네에 살고 있는 여학생을 좋아했다. 그러나 가슴만 앓았을 뿐 해가 바뀌도록 말 한마디 부쳐보지 못했다. 그런데 하루는 우리 친구들의 지원사격을 받아 같이 여학생 집을 찾아갔다. 물론 우리들의 부추김이 큰 작용을 했다.

뒷담을 넘어 들어가 여학생 방에 편지를 전하는 일이었는데 당시 친구로서는 목숨을 건 모험이기도 했다. 여학생의 아버지가 신문지국장인 데다가 호랑이 같은 오빠가 있는 걸 알면서도 감행했으니 말이다.

우리의 어깨를 밟고 담을 올라 안쪽으로 붙어있는 감나무에 올라가는 데까지는 별 일이 없었다. 그런데 거기서 여학생 방을 확인하고 내려서려는데 그만 개가 짖기 시작했다. 그 집에 개가 있다는 걸 계산에 넣지 못한 것이었다.

개가 나무 밑에까지 와서 위를 쳐다보며 죽어라고 짖어댔다. 가족들이 쏟아져 나왔고 친구는 꼼짝없이 여학생의 오빠에게 멱살을 잡히곤 말았다. 따귀까지 한 대 번갯불이 번쩍 하도록 얻어 맞아야 했다.

"임마, 감나무엔 왜 올라갔어?"

"……."

"너, 뭐 훔치러 왔지?"

"아입니다."

"그럼 뭐야?"

"감 따먹을라고 올라갔심더."

"이 녀석 이거, 아주 웃기는 놈이구만. 감이 어데 있다구……."

마당에서 그런 난리가 일어났는데도 여학생은 있는지 없는지 내다보지도 않더라고 했다. 결국 친구는 그들 앞에서 가당찮은 코

미디 한 컷을 연출하고 쫓겨 나와야 했다. 허겁지겁 정신없이 나오는데 밖에서 기다리던 우리가 터지는 웃음을 손으로 막은 채 물어보았다.

"야, 임마야. 지금이 몇 월 달인데 감 따러왔다 그러냐?"

그때가 감꽃이 필 듯 말 듯한 5월 초순인가 그랬다.

"그런 거 생각할 정신이 어데 있더노? 눈앞이 노란데."

먼지가 켜켜이 쌓인 앨범 속 일이지만 되씹자니 지금도 그때 일을 떠올리면 가슴이 울렁거리고 웃음이 물린다. 나는 지금까지 살아오면서 그 이야기를 수도 없이 써먹었다. 어쨌거나 우리들에게는 값진 무형의 보물이 아닌가. 당황한 나머지 튀어나온 말이라지만, 그런 어처구니없는 말이 어디에서 나왔을까.

미완의 짝사랑 추억, 요즘 추억을 만들기 위해 일부러 엉뚱한 짓들을 하는 사람들이 얼마나 많은가. 우리 경비원들의 혼쭐을 빼놓은 소란 행위지만 저 나이에 저런 용기를 가진 젊은이를 가상하게 봐주자.

세월이 흘러 이젠 감나무가 아닌 아파트 가스 배관을 타고 올라간 저 친구도 나 같은 생각을 하지 않을까 생각해본다.

근로봉사 실천 확인서

쓰레기통에 버려진 폐휴지들이 제대로 분리수거 되었는지 어떤지 확인하러 나가려는데 802호 아주머니가 찾아왔다. 나와 눈이 마주치자 아주머니가 덤덤한 얼굴로 말했다.

"아저씨, 여기 도장 하나 찍어주세요."

마치 맡겨두었던 물건이라도 달라는 듯한 말투다.

아주머니가 내민 것은 중학교에 다니는 자기 아들의 근로봉사 실천 확인서였다. 아마 학생에게 무슨 잘못이 있어 학교에서 벌 대신에 근로봉사를 명했던가 보았다.

이런 것도 무슨 권력이라고 해야 하는지 모르지만 우리 경비원들에게 권력이 있다면 아마 이것이 유일한 것이 아닌가 싶다. 사실 나는 이런 힘이 우리에게 있는지도 처음엔 몰랐다.

어느 날 한 학생이 찾아와 쪽지를 내밀며 우리 도장이 필요하다며 좀 찍어달라기에 번지수가 틀린 것 같아 관리소장에게 찾아가 보라고 했다. 그랬더니 봉사명령서에 기록된 시간만큼 주변 청소

라든지, 잡초 뽑는 일을 시키고 도장을 찍어주면 된다고 해서 알게 된 것이다. 그러나 대개 우리 아파트에 거주하는 학생들에게 있는 일이고 자주 있는 일도 아니기에, 기록된 시간의 반도 안 시키고 도장을 찍어주곤 했던 것이다.

그런데 지금 이 아주머니는 학생 대신 와서 그냥 도장만 찍어달라는 것이었다. 순간적 판단이지만 해도 너무하다는 생각이 들었다. 심하게는 무시당한 기분마저 들었다.

"이거, 학생을 보내지 아주머니가 왜 들고 오십니까?"

말에 감정이 묻은 건 어쩔 수 없는 일.

"아저씨가 도장을 잘 안 찍어준다고 해서 내가 안 왔습니까. 아저씨는 꼭 일을 시키고 나서 도장을 찍어준다면서요."

"……."

어떻게 이런 말을, 그것도 당당하게 할 수 있단 말인가. 뒷말이 안 나왔다. 나는 아주머니를 보고 웃기만 했다. 이런 경우에는 어떤 말을 해야 할까? 봉사활동을 하지 않았는데 어떻게 했다는 확인을 해준단 말인가.

지난번 방학 때 일이다. 방학숙제의 하나로 어디든지 가서 1인당 5시간 씩 근로봉사를 하고 확인받아 오라는 것이 있었다. 그런데 학생 하나가 개학하는 날 아침에, 그것도 등교하면서 들여다보고는 도장을 찍어달라고 했다.

"이눔 봐라, 일도 안 했는데 어떻게 도장을 찍어 주냐. 안 돼. 꼭 내 도장이 필요하다면 일을 하고 받아가든지, 안 그러면 다른 사람한테 가서 받아가거라. 난 못 찍어준다."

나는 딱 잘라서 돌려보냈다. 일을 하고 안 하고는 둘째 치더라도 경비원이라고 해서 어린아이들까지 얕보는 그런 관행만은 만들고 싶지 않아서였다.

"……."

아이가 의외라는 표정을 지으며 문밖에 그냥 서 있었다. 누구에게 무슨 말을 들었는지는 모르지만, 내 반응이 자기 생각과 다르게 나오자 마음이 착잡한 모양이었다.

말은 그렇게 던져놓아도 내 마음도 편치는 못했다. 그건 바로 내가 학생의 부모를 빤히 아는데다가 그들의 주머니에서 나오는 돈으로 임금을 받는다는 사실 때문이다. 곧 내가 먼저 타협안을 만들었다. 말을 만들기가 싫어서다. 말이 되고 보면 모두 우리 욕을 하지, 학생 욕 할 사람은 단지 내에서는 없을 것이라는 판단 때문이다.

"너, 이리 좀 들어오너라 보자. 학교는 몇 시까지 가야하지?"

"아홉시요."

아이의 불퉁한 대답이다.

"그럼 이렇게 해라. 한 이삼십 분은 여유가 있으니까 우리 동이라도 한 바퀴 돌아 여기에다 버려진 쓰레기를 주워오너라. 알았지. 그럼 도장을 찍어줄게. 너도 한 번 생각해봐라. 하나도 안한 일을 내가 어떻게 그냥 찍어주겠니. 이치가 안 그러냐. 자, 이거 가지고 가서."

비닐봉투 하나를 주었다.

"…예."

봉투를 받아든 아이는 20분이 채 못돼 돌아왔고 나는 못 이긴 듯 도장을 찍어주었다. 그렇게라도 일을 시킨 나도 그렇지만 일을 하는 아이의 행동에도 마지못해 한다는 못마땅함이 덕지덕지 붙어있었다. 5시간 할 일을 20분으로 때웠던 것이다. 그만하면 나로서 할 수 있는 배려는 다한 셈이다. 지금 이 아주머니는 아마 그런 이야기를 어디선가 듣고 말하는 것 같았다.

"별 거도 아니잖아요. 앞으로는 그냥 찍어주세요."

보통 배짱이 아니었다. 말이나 곱게 하면 모르지만 이건 지시다. 백보를 양보해도 그냥 찍어줄 기분은 아니다.

"그거 집에서 아무 도장이나 찍어도 되는데요. 누가 확인하러 오는 것도 아니구 한데……."

내가 계속 웃으면서 말했다. 반감을 만드는데 어쩌랴. 가치 없는 도장이라 할지라도 그렇게 쓰고 싶지는 않다.

"배우는 아이들한테 그런 거짓말을 어떻게 시키나요."

"내가 찍어두 거짓말 하는 건 마찬가지 아닙니까."

"……."

아주머니가 조용했다. 견지망월(見指忘月), 나는 달을 가리키고 있는데 아주머니는 일부러 그러는지 내 손가락만 바라보고 있다. 하지만 이번에도 내가 타협안을 제시할 수밖에 없었다.

"아이를 나한테 보내주십시오. 그럼 찍어드리겠습니다."

"정말 아저씨, 되게 쫀쫀하시다."

"모르겠습니다. 그런 게 쫀쫀한 건지."

"아니, 아저씨. 그러면 정 안 되겠단 그 말입니까?"

"……"

"정 안 되면 그냥 돌아가고요."

아주머니의 반발이다. 아예 달은 볼 생각도 없다. 그 속에는 약간의 협박도 들어있다고 봐야한다.

"……"

"……"

"도장 여기 있습니다. 찍으시죠."

나는 서랍을 열어 도장과 도장밥을 내놓았다. 약한 자여, 그대 이름은 경비원이니라. 일이 바로 되자면 나는 끝까지 도장을 내놓지 않아야 한다. 그것이 정답이다. 하지만 그렇게 해서 내가 얻을 게 무엇인가. 상처뿐인 영광은 승리가 아니다. 이야기는 될는지 모르지만 최소한 내손으로 찍는 수모만이라도 피해서 상대방에게 경각심을 주자는 선에서 자신과의 타협을 본 것이다.

"정말 우리 아저씨, 보기보다 무섭네요. 차라리 일 다 하고 찍는 게 낫겠습니다."

유구무언이 따로 없다. 하지만 나는 이미 손을 내밀고 있었다.

"이리 주십쇼."

기어이 아주머니는 내 손으로 도장을 찍게 만든다.

"아주머니, 미안합니다."

그리고 끝내는 내 입에서 미안하다는 소리까지 나오게 했다. 그런 뒤에 아주머니가 말했다.

"아저씨, 고마워요."

그리고는 그냥 탈탈 끄는 샌들 소리만 남겨놓고 돌아섰다.

"다음이라도 시간 날 때 애를 이리 보내주십쇼."

한마디 한다는 게 그게 다였지만 그 말은 제대로 주인을 찾아가질 못하고 허공을 헤매다가 사라지는 듯 했다. 어쩔 수 없는 일이다. 지는 것이 이기는 것이라고 자신을 타일러 가까스로 이겨본다. 살아오면서 지금까지 배워 온 게 그런 것 아닌가.

그 이상 더 생각하기도 싫고 더 생각한다는 것도 의미가 없을 것 같아 벗어놓은 장갑을 끼고는 바로 밖으로 나왔다. 쓰레기는 엉망진창이었다. 서로 조금만 관심을 가져준다면 이렇게 어렵지는 않을 것인데 병류, 플라스틱류, 종이류, 깡통류, 제대로 분리수거 된 게 하나도 없다. 모두 새로 손을 봐야할 판이다. 병과 깡통을 구분 못하는 사람도 있고, 스티로폼과 플라스틱을 구분 못하는 사람들도 있다. 아니, 알지만 우선 편하다고 그냥 적당히 담아놓았을 것이다.

　한 사람 한 사람은 모두 훌륭하고 똑똑하고 지혜로운데 이게 왜 잘 안 되는지 모르겠다. 반상회 때마다 귀에 딱지가 앉도록 당부한 일들이지만 아직 한 번을 재분류 없이 나간 일이 없다. 아마 그건 내가 여기에 살더라도 마찬가지겠지, 그렇게 밖에 타협할 방법이 없다.

601호 영감님 이야기

푹푹 더위가 사람을 찐다. 오랫동안 가물어서 더했고 콘크리트 건물 속에 갇혀있어 더하다. 해가 떨어진 지도 한참이나 돼 이제 한풀 꺾일 만도 한데, 가만히 앉아있는데도 땀을 연방 훔쳐야 할 판이다. 종일 태양열을 받아 달군 건물이 식으면서 내뿜는 열에다가 바람 한줌 없다. 아주 사람 숨통을 조인다. 어쩔 수 없어 경비실 밖으로 나온다. 안이나 밖이나 찌는 건 마찬가지다. 마당 앞을 오락가락, 몸을 흔들어 바람을 만들고 있는데 한 목소리가 나를 잡는다.

"왜 가만히 안 있구 왔다갔다 하시우."

소리 임자는 601호 영감이다.

"아이구, 난 누구시라구. 혼자 여기서 뭐하십니까?"

조경으로 만든 돌 위에 반가사유상(半跏思惟像)으로 앉아 하던 부채질을 멈추고 빙그레 웃는다. 가로등 그늘에 가려있어 쉽게 표가 나질 않았던 것이다. 아마 영감도 여기에라도 나와 있으면 조금 견디기가 나을까 해서 그러고 있는 모양 같았다. 바지를 무릎 위까지 걷어 올린 채다.

"되게 덥지요? 저녁엔 바람 한 점 구경 못하겠구만."

"좀, 그렇습니다. 아까 뉴스에서 36도라고 그러더니만."

"덥다, 덥다 캐도 정말로 너무 덥다. 그래도 저녁으로는 바람도 좀 일렁거렸는데 오늘저녁은 이파리 하나 흔들리지 않는구마."

"정말 덥습니다."

내가 동조한다. 얼마 전까지만 해도 601호 영감은 나에게 경계의 대상이었다. 위층 장애아에게 직접 대놓고 한 말은 아니라지만 병신육갑이란 말을 쓴다든지, 일흔이 넘은 나이에 더군다나 한문 공부를 많이 했다는 사람이 쌍소리를 거침없이 내뱉어서 하는 이야기다. 거기에다가 작년까지 우리 아파트 노인회 회장으로 있었던 사람이다. 그런데 자꾸 상대를 해보니 그런 사람은 아니었다. 얼마 전 나는 그의 이야기를 곁에서 듣고 속으로 움찔 놀라기까지 했다.

"난 지금 여기 산지가 4년째 들지만 아직 우리 위층에, 옆에 누가 살고 있는지도 모르는구먼. 물론 그 사람들도 그렇겠지. 시골에 가면 도랑을 건너 살아도 그 집에 돼지 새끼가 몇 마리라는 걸 다 알고 지내는데, 한 뼘도 안 되는 벽을 가리고 살면서도 서로 내왕은 고사하고 성을 모르고 살고 있으니 말야. 그 뿐만도 아니지. 내가 우리 아들놈 집에 가도 그놈들이 우리 집에 와도 이건 한 식구라기보다 서로가 손(客)이라니까. 이상하게도 지 자식, 지 며느리가 같이 있는데도 숨이 턱턱 막히니 말야. 고만 얼른 가주었으면 싶고. 그건 저거들도 마찬가질 거 아니겠어. 아파트라는 집이 그렇게 만드는 건지 세월이 그런 세월이라 그런지 사람들이 모여 살면 사람 냄새가 나야하는데, 이건 도무지 헉헉 숨 몰아쉬는 소리밖에 안 들리니 아닌 게 아니라 기똥찰 노릇이지."

그 뒤에 영감은 나에게 대놓고 이런 이야기도 했다.

"내가 우리 위층에 장애아가 있다는 걸 왜 모르겠나. 나도 다 알어. 그렇지만 밤중에 잠이 안 와 전전반측하는 사람한테 그 소리는 안 당해본 사람은 잘 모르는구먼. 직접 당하는 거 하고 이해하는 거 하곤 하늘과 땅이라고. 그때는 그래서 한 소리니까 알기를 그렇게 알아달라고."

그날 뒤로 나는 영감을 다시 보게 되었고, 그런 이해가 바닥에 깔리자 제법 얘기를 나누게 되었다. 그런 거 보면 토를 아무리 달아도 성선설(性善說), 성악설(性惡說)이 원래 못이 박힌 것이 아니고 환경과 여건에 달려있는 건 아닌지 모르겠다.

"그만 거기 앉아여. 왔다갔다한다고 나을 게 하나 없구마."

"아, 예."

내가 어줍게 받으며 영감 건너 쪽에 경비실이 바로 보이도록 자세를 잡아 앉는다.

"그래, 할만 하요?"

　내가 자리잡기를 기다려 영감에게서 건너 온 말이다. 얼마 전에도 영감은 자기는 잊어버렸는지 모르지만 그런 질문을 한 번 했다.

　"그냥 그렇지요, 뭐."

　인사치레로 한 말 같아 나도 대수롭잖게 받아넘긴다.

　"나는 요새 내가 왜 사는지 모르겠다. 나이 일흔이 넘으면 종심소욕불유구(從心所慾不踰矩)라 해가지고 안목이 점점 트여야 하는데 자꾸 옹졸해지기만 하니 말야."

　"왜 사는지 모르겠다니 무슨 그런 말씀을……."

　"아무것도 하는 일이 없으니 말이지."

　"할 일 다 하셨는데 더 무슨 일을 하시려고요?"

　영감에게는 한 울타리에 같이 사는 건 아니지만 서너 명의 자식이 있고, 그들의 부양으로 내외는 큰 걱정 없이 지내고 있다. 속은 어떤지 모르지만 겉보기로는 흔히 우리가 말하는 복 많은 노인이 이런 사람이 아닐까 싶을 만큼 여유롭게 지내는지라, 나도 노후를 저렇게 보낼 수만 있다면 더 이상이 바랄게 없겠구나 생각하고 있는 터였다. 그런데 이건 무슨 소린가.

　"사는 목적이 하나도 없다 말이지. 그냥 하루하루 때만 보내고 있는데 사람 사는 건 이런 기 아니거등."

　"………."

　자기는 오랫동안 생각한 끝에 뱉은 말이고 나는 경비원 신분으로 말벗이나 되어준다는 식으로 들어 그런지 얼른 감이 안 잡힌다.

“그냥 죽는 날만 기다리는 거지, 사는 게 무슨 낙이 있어야지.”

“만들면 안 됩니까.”

“어떻게?”

“취미를 살려 낚시 같은 것도 하시고, 친구 분들도 만나보시고…….”

이런 예상 못한 말벗이 되어야하는 것도 경비원의 일이거니 생각하며 생각나는 대로 얼버무린다.

“친구? 이제 친구도 다 끝났구마.”

“왜 그러시는 데요?”

“친구도 젊었을 때 있는 거고 취미도 내게 힘이 있어야 할 수 있는 거지. 이제 안 돼.”

“……….”

“친구 이야기가 나왔으니까 내가 얘기 하나 할게. 내 고향이 상주 화북이라는 곳인데 우리 동기생 가운데 아홉이 여기 대구에 나와 살았다 아이가. 계도 하나 만들고 해서 한창때는 모두 재미있게 잘 지냈지. 그런데 이젠 반도 더 죽었어. 올 봄에 또 하나가 가서 영천 보훈묘지에 묻혔는데, 친구라곤 나하고 합해서 둘 밖에 없더라니까. 다 가더라도 셋이 모둔데 한 사람은 풍을 맞아 꼼짝을 못하니까 말야. 벌써 내가 여기까지 왔구나 싶어 기도 안차더구면. 이 얘기를 노인정에서 한번 했더니 뭐라는 줄 알아? 나더러 올해는 그만 죽으라는 거야. 친구가 한 사람이라도 남아있을 때

죽어야 문상해 줄 사람이 있다고는.”

“………”

어떤 반응이 어울릴까, 대작할 말이 얼른 떠오르질 않는다.

“이러니까 사는 기 무슨 재미가 있겠어. 오늘이 내일이고 내일이 오늘이고, 더 살아봐야 아무 의미도 없잖어. 아무리 생각해봐야 답이 안 나오더라고. 앞으로 더 좋을 일이 없다는 거는 확실하거든. 안 그래요?”

“…영감님, 올 해 몇이십니까?”

적당한 대꾸가 안 떠올라 나이를 묻는 걸로 대신한다.

“몇으로 보여요? 신사생이니까 일흔둘인강 셋인강 그렇지.”

공교롭게도 나와는 띠 동갑이다. 문득 나의 10여 년 뒤의 자화상과 마주한 느낌을 갖게 한다.

“아직은 정정하신데…….”

“참 세월이 빨라. 누가 나이를 물을 때마다 깜짝깜짝 놀라겠더라니까. 벌써 내가 여게까지 왔는강 싶은 게. 나도 모르겠더라고.”

자연의 섭리에 누가 도전할 것인가. 영감의 말 행간에 들어있는 숙연함을 충분히 이해할 거 같다.

“저한테도 느낌이 옵니다.”

“거기다가 안타까운 건 늙었다고 사람들이 상대를 안 해주니까 더 그렇고.”

“그럴리가 있겠습니까. 어른이고 해서 어려워 그런 거지요.”

"아니야. 이녁도 좀 있어보라구. 곧 그럴 날이 올 거구만."

"내가 얘기하나 더 할게. 몇 년 전 일인지 모르겠다. 지금은 고인이 됐지만 영화배우 김진규라고 있잖어. 옛날 〈피아골〉이란 빨치산 영화에 나올 때부터 내가 좋아한 배운데, 하루는 테레비에 그 양반이 나왔더라고. 그때 그 양반이 제주도에 살았지 아마. 테레비에 나온다고 서울에 온 모양이던데 사회자 말이 서울에도 자주 오셔서 친구도 만나고 후배들 격려도 해주고 어쩌고 하더구만. 그 양반 대답이 이야기는 좋은데 이젠 만날 사람도 다 떠나고 없고, 후배들이 있다고 하지만 만나봐야 짐덩이 밖에 더 되겠느냐며 쓸쓸하게 웃기만 하던데 지금 내가 꼭 그런 거야. 그때는 예사로 들었는데 지금 생각해보니 그 말이 그렇게 가슴에 와 닿을 수가 없어. 잘난 사람들도 모두 끝이 그런데 우리 같은 사람이야 말할 거도 없는 거 아니겠어."

"……."

그냥 듣기만 한다.

"언제 한 번 임자한테 했는지 모르겠다. 전원생활 흉내 낸다고 한 1년 촌에 들어가 농사도 한 번 지어봤지. 그런데 농사도 짓던 사람이 짓지 아무나 짓는 게 아니더라고. 노후에 고향에 들어가 산다고 그러는 사람들 난 아직 한 사람도 못 봤어. 모두 죽어서나 들어갔지."

영감의 이야기는 이제 가속이 붙는다.

"풍 맞았다던 친구가 요새 새로 병원에 있다고 해서 한 번 가봤는데 콧구멍에다 고무호스를 꽂고 눈만 꿈벅거리고 있더구만. 늙으면 산에 있으나 집에 있으나 똑 같다더니만, 그래 죽는 날만 기다리고 있는 거야. 누구나 다 한번은 가야하는 길이니 도리 없는 거 아니겠어. 우리 역시 움직이기가 조금 낫다는 거뿐이지, 죽는 날을 기다린다는 점에서는 똑 같다 아이가."

이러다가는 이야기가 끝이 없겠다 싶어 내가 말을 끊는다.

"영감님두 참, 우리 같은 사람도 다 살고 있는 데요. 무슨 그런 말씀을 다 하십니까."

"이녁들이 어때서……."

"그런 얘기 그만 하십쇼. 살맛 안 납니다. 가뜩 더운데다가 그런 얘길 들으니 속이 더 탑니다."

"내 얘기가 그렇다는 거지. 그렇더라도 어쩌겠노. 죽을 수도 없는 일이고 그냥 그래 살아가는 기라. 이게 다 이 세상 왔다가는 기다 생각하고는."

"하여튼 오늘 영감님한테 좋은 이야기 들었습니다."

이야기를 하면서도 계속 눈은 경비실을 지키고 있었지만 그래도 너무 오래 비워두는 것 같아 그만 엉거주춤 돌아선다. 경비실에 들어와서도 영감의 이야기는 잔영으로 남아 나를 괴롭힌다. 바로 10여 년 뒤에 내 자화상이 저렇게 그려져 있지 않겠는가. 아니 저보다도 더 딱한 모습을 하고 있을지 모른다. 영감에게는 무엇보다 노후에 필요한 경제력이 있는데도 저러니 말이다.

누구 글인지 기억엔 없지만 2, 30대는 2, 30대로서의 할 일과 살맛이 있으며 7, 80대는 또 그들대로 할 일과 살맛이 있다는 이야기를 읽은 일이 있다. 이 말이 공감보다는 자위 쪽으로 무게가 더 실리는 건 어인 까닭일까.

누구나 나이는 다 먹는다. 사람의 힘으로는 어떻게 할 수가 없는 자연법칙이다. 속된 이야기로 나이 먹는 게 무슨 벼슬은 아니지만 너무 두려워만 할 일도 아니잖은가 말이다.

재산 앞에서 흔들리는 가족 관계

"실례합니다. 좀 들어가도 괜찮겠습니까?"

요즘 4층에 자주 드나드는 남자 가운데 한 사람이 경비실 안을 기웃거리더니만 무척 조심스런 표정에다 조심스런 말로 물었다. 그 집 주인인 노인의 아들인지 사위인지, 한 번 듣긴 들었는데 최근 들어 너무 많은 사람들이 나들어 쉽게 분간이 안 갔다. 그 집 가까운 가족인 것만은 분명했다. 얼른 잡더라도 쉰 나이는 좋아 보였다.

"예. 들어오십쇼."

요즘 그 노인은 집에 없다. 지병이 악화돼 대학병원인가 어디에 입원한 걸로 알고 있다. 그런지가 어림잡더라도 달포는 더 됐지 싶다. 남자는 들어오더니만 열린 문을 일부러 닫았다. 그리고도 한참 뜸을 들였다가는 입을 조용히 열었다.

"이런 거 하나 물어봐도 괜찮을지 모르겠습니다."

무슨 이야기를 하려는지 듬직한 말투가 듣는 데에도 적잖이 용이 쓰였다.

"무슨 얘긴데요?"

"다름이 아니고 혹 우리 집에 우리 말고 누구 찾아오는 사람들이 더러 없던가 해서, 그래 그럽니다."

지금 생각해보니 그 집 노인의 아들인 성 싶다. 나는 고개부터 흔들어놓고 대답했다.

"글쎄요. 그런 거는 우리가 잘 모릅니다."

그런 일이라면 생각해보고 자시고 할 것도 없다. 무조건 알아도 모르는 것이다.

"누구든 내왕하자면 여기 허락을 얻어야 할 거 아닙니까? 그래서……."

"말은 옳습니다. 그러나 그런 건 우리가 잘 알지도 못할 뿐더러 안다고 해도 말씀드리기가 어렵습니다."

나는 내 전임자가 왜 그만 두었는지를 누구보다 정확하게 알고 있다. 주민 사생활에 기웃거렸다가 그렇게 되었는데 최소한 그런 일이 말썽이 돼 보따리를 쌌다는 소리는 듣고 싶지 않았다.

"큰 비밀도 아닌데요."

"어쨌건 우리는 잘 모릅니다. 그냥 예사로 보니까요."

"……."

남자는 말없이 고개를 끄덕였는데 내 대답이 불만스러운 내색이었다.

“내왕하는 사람이 많을 때는 누가 들어가고 누가 나오는지도 잘 모를 때가 많습니다. 어느 집에 가는지 그런 건 그때뿐 돌아서면 이내 잊어버립니다. 또 우리가 알 필요도 없는 거구요.”

내가 잘 모르는 이유를 보충 설명했다. 그러나 남자는 그것으로는 끝내기가 아쉬웠든지 아니면 다른 무슨 말을 들어보겠다는 건지 그대로 엉거주춤 서 있었다. 자리가 좁아 옆에 접어 세워놓은 의자를 펴 놓자 고맙다고는 앉았다. 자세로 봐서 다른 용건이 더 있는 듯했다.

남자는 한동안 경비실 안을 두리번거리며 입술에 침을 바르는 등 답답한 분위기를 만들었는데, 그 모습이 조율이 잘 되지 않는 현실과의 어떤 갈등으로 괴로워하는 듯한 인상을 주었다. 한참 뒤에서야 입을 다시 열었다.

“얘기 좀 더 해도 되겠습니까?”

“예, 좋도록 하십쇼.”

말이 길어질 모양이다. 이런 이야기를 들어주는 것도 내 의무라 생각하며 나는 그의 입을 지켰다.

4층 노인은 자기 아버지이고 자기는 장남이며 노인과 같이 있는 여자는 10여 년 전에 들어온 계모라고 했다. 그러나 말이 계모지 그 속은 합의된 사례금을 지급하고 노인이 살아있을 동안만 함께 지내는 것으로, 일테면 계약 동거로 살고 있는 관계라고 했다. 그렇게 살다가 누구든 한사람이 먼저 세상을 떠나든지 하면 그날로 서로가 원점으로 돌아가야 하는 그런 관계.

　나는 고개를 열심히 끄덕이며 들어주었다. 나는 우리 골목에 사는 사람들의 가족관계를 거의 다 알고 있다. 그런데 그 집만은 궁금한 게 좀 있었는데 그 이야기를 듣자 좀 풀렸다.

　사례금은 계약 당시 이미 전액을 통장으로 여자에게 건넸으며, 그들의 생활비는 별도로 매월 일정 금액을 자녀들이 대주었다. 그리고 직접 입에 담지는 않았지만 그 속에는 아버지에게 그 여자를 붙여줌으로서 자기네들이 편하게 지내겠다는, 좋게 말해 악처가 열 효자보다 낫다는 방법을 취했고, 나쁘게 말하면 돈으로 여자를 사서 그 여자에게 아버지를 맡겨두고 지내온 것이었다.

　그런데 이번에 노인의 지병이 악화돼 입원을 시켜놓고 보니 그 사이 상황이 요상하게 돌아가 있었다. 노환이라 아무래도 회복이 힘들 것 같아 사전 준비나 해둘 양으로 이것저것 알아봤더니 여자가 자기네들 호적에, 말하자면 아버지의 처로 떡 들어앉아 있더라는 것이다. 법적인 계모로 입적이 되어있었다. 그들로서는 기절초풍할 노릇일 수밖에. 지금 사는 아파트는 물론 유산으로 내려오는 시골 산야의 땅뙈기는 아직 아무도 손 못 댄 채 그냥 노인 앞으로 묶여있으니 말이다. 혹 형제간에 의가 상할세라 먼저 입에 담기가 뭣해 눈치만 보고 있는 판인데, 일이 이렇게 되고 보니 재산의 상당 부분이 생각지도 않은 여자에게 돌아가게 되었다는 것이었다. 더군다나 지금 노인은 혼수상태에 빠져 내일 일을 예측할 수 없다고 했다.

"아하, 그럼 그게……."

나도 모르게 엉거주춤 내 입에서 나온 말이었다. 요즘 자식뻘 되는 사람들이 부지기수로 드나들더니만 그 이면에는 그런 이해관계가 얽힌 일들이 숨어있었다.

"처음엔 불쌍한 여자라고 맞아 들였거든요. 그런데 일이 이렇게 꼬이고 보니 처음부터 여자한테 속은 것 같기도 하고, 일이 그렇게 됐습니다."

"……."

나는 고개만 끄덕일 뿐 다른 말은 할 수가 없다. 내가 끼어들 일은 더군다나 아니었다. 다만 조금 전에 나에게 왜 그런 엉거주춤한 질문을 했는지 그것에 대한 의문만 조금 풀렸을 뿐이었다.

"아마, 우리가 당한 것 같은데……."

남자가 씁쓸한 표정을 지었다.

"너무 믿었구만요."

"그런 점도 있긴 있지만 그렇다고 아버지랑 사는 여자를 몰래 뒷조사를 할 수는 없는 거 아닙니까."

"그 사이 노인 마음이 변한 모양이죠."

"그렇지는 않지 싶은데 연세가 있고 하니까 여자를 다 믿고 그쪽 하자는 대로 따라간 거 같기도 하고……."

"잘은 모르겠습니다만 이런 일에는 변호사한테 가보는 게 순서 아니겠습니까.”

이야기를 끝까지 들은 부담도 있고 해서 내가 딱하다는 표시를 그렇게 했다.

“그렇잖아도 그럴 작정입니다만. 뭐든 증거가 제대로 있어야 하는데 생각보다는 힘이 드네요.”

“믿는 도끼에 발등 찍힌다더니만. 그래, 어른은 지금 와서 뭐라 시는 가요?”

“의식불명인데 무슨 말을 하겠습니까.”

“참 그렇다고 했지. 여자 분은 우리 나이밖에 안 돼 보이던데.”

“확실한 거는 우리도 잘 모릅니다만 아마 예순 줄엔 들어섰거 나 그럴 겁니다.”

“요즘은 안 보이던데요?”

“병원에 같이 있습니다.”

“그래도 어쨌거나 놀랍습니다.”

“혼인신고까지 해놨는데 이젠 죽이 되든 밥이 되든 같이 있어 야 할 거 아닙니까.”

“그야 그렇겠습니다만. 올해 노인은 몇이십니까? 너무 조용하 고 점잖고 그러시던데.”

“일흔 여덟입니다.”

“너무 나이 차이가……..”

“그래도 서로 첨 만났을 땐 그런대로 어울렸습니다. 그 나이야다 가지고 있었지만 너무 정정하셨거든요."

"그렇더라도 나이가 있는데."

"아버지랑 같이 있겠다는데 고마워가지고 그만."

"나이한테는 장사가 없는 기라."

이야기가 옆으로 나가고 있는 줄도 모르고 우리는 엉뚱한 내용으로 이죽거리고 있었다. 집배원이 우편물을 교부하러 와서야 이야기의 길이 잘못 들었음을 알고 남자가 바로 잡았다.

"이거 참 큰일 났습니다."

이 남자는 그쯤 말문을 열어놓았으면 내 입에서 무슨 송사에 참고가 될 말이라도 나올 줄 아는 모양이었다. 그러나 나에게는 아무것도 없었다.

"아까 첨에 묻던 거 말입니다. 우리가 알기로는 없습니다. 지금까지 이야기 들어보니까 어떤 걸 묻는다는 것도 알겠고, 그것 말고도 도울 게 있으면 도와드리고 싶은데 그런 게 없네요."

"솔직히 말해 내 부모지만 이럴 줄은 몰랐지요. 진작 단속을 해야 하는 건데."

"듣고 보니 참 딱하네요."

"또 그런 거는 그렇다 치더라도 병원비까지 생짜로 들어가게 됐으니 더 기가 찬다 말입니다. 분명히 아버지한테 가진 게 좀 있지 싶은데 여자가 꽉 움켜쥐고는 입을 열지 않으니 알 수가 있나요."

“회복은 영 가망이 없습니까?”

“예, 의사선생님도 이젠 준비를 하랍니다.”

“…….”

“이젠 결국 법으로 해결하는 수밖에 없는데, 변호사를 사서 이기더라도 반은 뜯겨 나간다는구만요. 이건 죽 쒀서 개주는 것도 아니고, 그리고 혼인신고가 돼 있으면 이기기도 힘든 다는데…….”

처음 들어올 때 같아서는 알 것 알고 나면 이내 나갈 사람 같더니만 궁둥이가 무거웠다. 그렇다고 속이 상해 들어온 사람에게 먼저 나가달라 하기도 뭣했다. 얼마나 속이 답답했으면 처음 보는 사람에게 이런 것까지 까발려놓을까 싶었다.

지금 이 남자에게는 노인의 죽음 같은 건 아무 것도 아닐 것이다. 부자간의 혈족관계는 촌수로 일촌이다. 말하자면 가장 가까운 관계다. 그런데 그런 관계도 재산의 이해타산 앞에서는 흔들리고 마는가보다.

나는 남자의 푸념처럼 이어지는 이야기들을 챙겨 들으면서 어느 쪽에다가 손을 들어줘야 할지 곰곰 생각해 본다. 참으로 어렵고 어렵다. 맑은 정신으로 있을 때 한 일이라 노인도 많은 것을 생각해서 내린 결정이리라. 노인들의 재결합에 대해서는 그동안 많이 들어왔고 더러 끼어들기도 해봤다. 그러나 내 앞 일이 아니고 예사로 봐 그런지 저렇게 복잡한 이율배반적인 요소가 들어있는 줄은 오늘 처음 알았다. 나는 새삼스레 아내의 소중함을 느꼈다. 정상적인 가정을 꾸리고 산다는 것은 무엇과도 바꿀 수 없는 소중한 자산인 것이다.

남자는 그러고도 얼마동안을 마치 빚 받으러 온 사람처럼 죽치고 있다가 한숨을 있는 대로 쏟아놓고는 나갔다. 남자가 나가고 난 뒤 나는 그 집 여자를 생각해 보았다. 지금 남자는 그 여자를 마치 계획적으로 들어온 악랄한 가해자로 몰아 부치지만 여자 입장에서 보면 그것도 아닐 것이다. 그 여자 또한 입장을 바꿔놓고 보면 피해자인 셈이다.

세상에 걱정 없는 사람이 어디 있을까? 나에게 주어진 일만으로도 골치가 뻐근한데 그 일까지 보태니 머리가 더 무겁다.

2장

아무도 안 사는 것 같은,
그러나 너무 많이 사는 아파트

또 하나의 상전, 견공 마마

막 점심을 먹은 뒤라 몸도 노곤한데다가 한가함이 가져다주는 여유로 나도 모르게 졸음에 빠진다. 조는 가운데서도 느낌이 이상해서 실눈을 떴더니, 2문의 강씨가 커다란 얼굴을 열린 창안으로 들이밀고는 장난기 발린 표정으로 나를 바라보고 있다.

"어, 이 양반이."

난 내 바람에 화들짝 놀라 몸을 사린다. 순간적이나마 골목 사람이 용무가 있어 들여다보는 줄 알았다.

"우쨌거나 팔자 하난 좋수다."

내가 조는 게 부러운 건지 보기 싫다는 건지 농으로 빈정댄다.

"뭐, 그야 길들이기 나름 아닌가베."

벌떡 일어나 졸음도 쫓을 겸해서 경비실 밖으로 나온다.

"저, 4문에 조씨한테 가서 임자가 위로 좀 해줘라."

앞뒤 없이 장씨가 불쑥 뱉은 말이다. 그 표정이 너무 진지하다. 아마 그 이야기 하러 왔다가 내가 졸고 있으니까 단잠이라 깨우기는 뭣하고 해서 스스로 일어나기를 기다리고 있었던 모양이다.

"위로라니, 왜?"

나도 정색을 하곤 묻는다.

"한번 가보라이까. 그만 때리치우고 싶다고 막말까지 하는 걸 겨우 달래놓고 오긴 왔는데, 이씨도 한번 들여다보는 기 좋지 싶구마."

"또 무슨 일인공?"

"글쎄, 가 보믄 안다카이."

나는 마실 나온 사람모양 모른 척 조씨가 근무하는 4문 경비실 앞을 기웃거리며 안을 들여다본다. 무슨 생각을 하는지 조씨는 마치 마네킹처럼 꼿꼿하게 앉아 앞 동 옥상의 피뢰침 있는 쪽을 정신 나간 사람처럼 올려다보고 있다. 내가 부근에서 얼씬거려도 고개 한 번 돌아보지 않는 걸로 봐서 혼이 조금 빠진 듯 보인다.

"뭘 그렇게 골똘하게 생각하고 있소."

할 수 없이 내가 먼저 말을 부쳐본다.

"난 또 누구라구. 생각은 무슨 생각, 그냥 그러고 있는 거지."

그렇게 대할 사람이 아닌데 대답이 불퉁하다. 입가에 쓴 웃음도 비친다. 내가 무슨 이야기를 듣고 왔다는 것도 알고 있는 듯한 표정이다.

"무슨 일 있었수?"

"일은 무슨 일……."

쓴 웃음이 비친 입가에 또 쓸쓸한 웃음을 보탠다.

"무슨 일이데?"

"알 거 없구마. 아무 일도 아이야."

"아니 뭐지요? 강씨가 위로 공연 좀 해주고 오라고 해서 그래 왔는데."

"아무거도 아니래두. 꼭 알고 싶으면 그 사람한테 가서 물어보든지. 내 입으로 두 번 꺼내기는 싫으이까."

조씨가 고개를 완강하게 흔든다.

"뭔지는 모르겠지만 우리 웃으며 삽시다."

두루뭉수리하게 한마디 눙쳐놓고는 바로 강씨에게 와서 자초지종을 알아보았다. 조금 아까 점심 먹기 직전이라고 했다. 승강기 안에 개가 똥을 한 무더기나 싸놓았다. 그걸 그만 모르고 아이들이 밟아버렸다. 그 뒤라도 처리를 잘했으면 좋았을 텐데 아이들은 우선 자기 신발 더러워진 것만 처리하겠다고 신발 바닥에 묻은 오물을 승강기 벽에다 짓이겨 놓고는 내려버렸다. 뒤에 탄 사람이 기분 좋을 리가 없다. 볼 상 사나운데다가 냄새까지 속을 뒤틀리게 했으니 말이다. 결국 그 사람은 뒤틀린 속을 경비실에다가 대고 퍼부었다.

"당신네들 꾸벅꾸벅 잠만 자지 말고 엘리베이트 안도 한 번씩 들여다 보시우. 시상에 그게 뭐요. 개 돼지가 사는 곳도 아니고."

조씨에게는 마른하늘에 날벼락이었다. 영문도 모른 채 야단을 맞은 조씨가 도대체 무슨 일인가해서 승강기 안을 들여다본 즉, 사건이 그 모양으로 벌어져 있었다.

더군다나 점심 도시락을 먹으려다가 당한 일이라 더 부아가 치밀었다. 바로 개 주인을 인터폰으로 찾았다. 어떤 개가 그런 짓을 했다는 걸 이미 조씨는 잘 알고 있었다. 4문 골목 10층에 살고 있는 주씨네 개다. 주씨는 개를 세 마리나 키우고 있고 그중에는 세퍼드 모양으로 생긴 큰놈이 하나 있는데 그놈 소행이 분명했다. 이미 몇 번인가 조씨에게 현장을 들킨 일도 있기 때문에 잘 알았다. 그 개와 얽힌 일은 이번만이 아니었다. 얼마 전에도 나는 조씨에게 이런 이야기를 한 번 들었다.

매일 저녁 TV 뉴스가 끝날 9시 말미가 되면 주씨는 꼭 개를 데리고 밖으로 나왔다. 그리고는 103동 모퉁이에 있는 관리사무실 뒤로 갔다. 개의 대변을 해결하러 가는 것이었다. 처음에 그는 개를 운동시키기 위해 데리고 나오는 줄 알았다. 한번은 청소하는 아주머니가 지나가는 소리로 그쪽 화단에는 웬 개똥이 그렇게 많은지 치워 놓으면 또 생기고, 또 생기고 한다기에 이상한 생각이 떠올라, 하루는 일부러 미행을 해서 지켜보았던 것이었다. 예상은 그대로 적중했다. 말하자면 그곳을 개의 화장실로 쓰고 있는 것이었다. 참는데 까지 참다가 안 돼 용변을 해결하고 들어오는 현장을 잡고 바로 이야기를 했다.

“저녁마다 개가 화단에서 생리를 해결하는데 어디 다른 데에

할 방법이 없겠습니까?"

아무리 주장이 정당하다고는 해도 주종관계에 있는 주민들을 상대로 하는 일이라 부담이 되는 건 어쩔 수가 없다.

"그래서요?"

말투가 이상하게 나왔다. 기분이 나쁘다는 게 불 보듯 뻔했다.

"청소하는 것도 그렇고 냄새도 나고 해서 좀……."

"당신네들 하는 일이 뭐요?"

"예?"

"당신네들 하는 일이 뭐냔 말입니다."

거기에 그 말이 왜 끼어드는 걸까.

"경비 업뭅니다."

"잘 알고 있네요. 그럼 경비 업무나 잘 하세요. 다른 간섭일랑 하지 마시구. 알겠어요?"

탁 쏴 부치곤 들어가 버렸다. 그래도 조씨는 그쯤 해 뒀으면 뭐가 달라도 좀 달라지겠지 생각했었다. 하지만 이튿날도 그 일은 계속되었다. 사람이 미칠 일이다. 거기에다가 상대가 젊은 사람이라 더 울화통이 터질 판이었다.

저런 막무가내에게 어떻게 학습을 시켜야 정신이 바로 박히도록 할지 속을 앓고 있는 터에 오늘 또 그런 일이 벌어진 것이었다. 다른 방법이 없었다. 또한번 부닥뜨려 보는 수밖에 없었다. 수화기는 주씨가 바로 들었다.

“저, 주 사장님. 여기 경비실입니다.”

도리가 없어 전화를 내긴 해도 저쪽 성질을 알기 때문에 마음이 편치 않았다. 그러나 나중에 그 일로 해서 무슨 탈이 생기더라도 자기로서 할 일은 다 했다는 증거를 남겨두어야 하니 별수가 없다.

“그런데요?”

“지금 큰 개 집에 있습니까?”

“예, 있어요.”

“개가 엘리베이트 안에…….”

똥이란 말은 차마 꺼낼 수가 없었다. 그쯤 해두면 충분히 알 수 있겠거니 해서였다.

“아따 그 양반 참 되게 볶네. 경비원들 무서워 애완동물도 못 키우겠구만. 좀 못 본 척 하시오. 그래, 그렇다 칩시다. 그래서 날 보고 어떡하란 말요? 개를 키우지 말고 잡아먹어라, 그 말인가요?”

그리고는 무슨 큰 비리라도 밝히려는 듯 수화기를 놓더니만 바로 내려와 삿대질을 해대며 골목이 울리도록 마구 폭탄 세례를 퍼부었다.

“보자보자 하니 이 양반 참 희한한 양반이네. 아니, 개는 사람하고 달라요. 똥을 싸기도 하고 먹기도 하고 그래요. 그런데 그걸 그때마다 트집을 잡고 물고 늘어지니 이거 어디 경비원 무서워 이 아파트에 살겠어요?”

“아니, 그게 아니라…….”

“나 원 참, 세상에 개 키우는 사람이 어데 나 하나뿐인가요. 내가 알기로 우리 단지에만 해도 수십 명이나 돼요. 그런데 왜 다 조용한데 아저씨만 날 달달 볶아대나요. 무슨 원수가 진 것도 아니고 나 참 미치겠네.”

“……”

유구무언, 할 말을 잃었다.

“제발 그만하고 우리 좀 조용시리 삽시다.”

주씨는 그 말을 마지막으로 던져놓곤 자기 할 일은 다 했다는 듯 후딱 가버렸다. 그런 식으로 골목 사람들이 보는 앞에서 주씨가 일방적으로 당했다. 더 답답한 일은 따지고 보면 남의 일도 아닌데 골목 사람들조차 개 닭 보듯 멀거니 구경만 해서 가재는 게 편이라는 속언만 확실히 심어주더라는 것이었다. 바로 그런 일이 조금 전에 있었다고 했다.

다 듣고 나니, 그동안 붙은 경비원으로서의 이력 때문인지는 모르지만 빈 입맛 다시는 것 밖에 없다.

“30평 아파트에서 무슨 놈의 개를 세 마리 씩이나 키우는지. 난 도무지 이해가 안가는 구만.”

한 참 뒤에 내 입에서 나온 말이다.

“알고 보이 그 사람도 문제가 있는 사람이더라카이.”

“문제가 있다니, 누구한테?”

“누군 누구야, 주씬가 그 사람 말이지.”

“어떻게?”

“여편네도 없는 사람이라는 구만. 그라고 다 큰 사내자식 하나하고 같이 살고 있는 모양인가본데 자식이라는 그 친구도 살짝 갔다는구만.”

그러면서 강씨는 자기 관자놀이 쪽에다가 식지로 동그라미를 그려 보였다.

“그러면 그렇지. 정상적인 사람이라면 누가 아파트에다 개를 세 마리씩이나 키우겠어. 그것도 큰 개를 말야.”

“여편네 대신에 개를 들다 놓고 사는 건 아인지 몰라.”

“그건 또 무슨 이야기지?”

“내 생각이 그렇다, 그 말이라이까.”

“……..”

나는 나도 모르게 고개를 끄덕였다.

여기 몸담고 있으면서 느낀 일이지만 경비원들이 가장 크게 골몰하는 건 경비 업무가 아니라 엉뚱한 일들이다. 그 가운데서도 가장 큰 비중을 차지하는 것이 주차 문제, 쓰레기 문제, 이웃 간의 불협화음 해소, 그리고 애완동물에 따르는 거슬림이다.

우리가 경비원 신분이고 경비하는 데에만 목적을 두고 취업이 되었다면 그런 잡다한 일로부터는 자유로워야 하는데 현실은 그렇지가 못하다. 아니 오히려 주객이 전도되었다고 할 만큼 잡무에 더 시달려야 하고 그들로부터 일어나는 말썽에 더 휩싸여 살아야

한다.

　내가 근무하고 있는 1문에도 애완동물로 개를 키우는 집이 서너 집 있다. 그 중에 송아지만한 세퍼드를 키우는 사람이 있는데, 그 사람은 개를 아파트에서 키우는 것이 아니라 부근에 집을 하나 얻어 놓고 거기에서 숙식을 시켜 아침저녁으로 찾아가 개와 더불어 지내고 아파트에는 어쩌다가 한 번씩 들리곤 한다. 생각해보니 이 집은 개를 키워도 제대로 키우고 있는 집이다. 자기가 타고 다니는 짚 차의 옆자리 의자를 뜯어내곤 그 자리에다가 개를 태우고 다니는 멋쟁이인데, 작년에는 전라도 쪽으로 사냥이 해금되어 한 달 동안 개와 같이 그곳에서 살다가 왔다는 이야기도 들려주었다.

　또 한 집은 발발이 종류를 키우고 있는데 내가 이곳에 들어오고 얼마 안 돼 말썽을 한 번 부린 일이 있었다. 하루는 그 집 아래층 사람이 인터폰으로 나를 찾았다. 위층에서 개 짖는 소리가 자꾸 나서 잠을 잘 수가 없다고 어떻게 해결 방법을 좀 찾아달라는 것이었다. 그만 골치가 딱 아팠다. 나중에 안 일이지만 그 뒤로 조용하기에 알아봤더니 개가 짖지 못하도록 울대 수술을 했다는 것이다. 제대로 크지 못하도록 자르고, 비틀고, 철사로 칭칭 감아 기르는 분재가 생각났다.

　경비 생활을 하면서 가장 힘 드는 일이 있다면 바로 이런 일이다. 자기네들끼리 얼마든지 해결할 수 있는 일을, 그리고 당연히 자기네들끼리 해결해야 할 일을 왜 중간에다 우리를 끼어 넣는가 말이다. 그런 일을 해소하기 위해 운영위원회가 있고 반상회가 있다. 반상회에서 결정을 하고 회람을 돌렸으면 그 약속을 지켜야 한다. 그런데 하나같이 그게 잘 안 된다. 복도에 쓰레기를 내놓는 일, 아래 위층의 소음, 골목 청소 문제 등이 모두 그렇다.

이유는 뻔하다. 서로가 그런 일로 부닥뜨리는 걸 두려워하기 때문이다. 이를 해결하기 위해서는 서로가 공동생활의 예절을 지키면 된다. 그런데 나는 그것을 지키지 않으면서 상대방에게만 지킬 것을 요구하고 있으니 문제가 생기는 것이다. 나도 아파트 생활을 많이 해봤기 때문에 누구보다 그런 사정을 잘 안다.

문제가 생기면 두 집에서 직접 만나 해결하면 좋을 텐데 왜 우리를 중간에 넣어 괴롭히느냐는 말이 그때마다 목구멍에서 춤을 추지만, 그런 말도 마음대로 못하는 것이 우리들 처지다.

시골 부락에서는 내를 하나쯤 건너서도 정을 나누는 이웃이 될 수 있지만 아파트에는 한 뼘 벽을 사이에 두고서도 모두가 남남으로 지내는 까닭이 바로 여기에 있지 않나 생각해본다.

이웃에 손 한 사람만 찾아와도 다 알 수 있는 나지막한 울타리와 저쪽에서 소를 잡아도 모르는 꽉 막힌 콘크리트 벽을 생각해보면, 그들이 우리들의 심성까지 살벌하게 만든 건 아닌지 모르겠다.

오늘 주씨 경우만 해도 그렇다. 누가 보더라도 잘잘못이 어디에 있다는 건 이미 나와 있는 답이다. 그런데 그 답을 수용하질 않는 것이다.

이날 늦게 졸음도 쫓을 겸 아파트 마당을 오르락내리락 하다가 4문 경비실을 들여다보았더니 주씨는 그때서야 먹다가 둔 점심을 먹는다면서 도시락을 찾아 앉고 있었다.

울 수도 웃을 수도 없는 이야기

"저런 사람들은 하루 속히 이 아파트에서 떠나야 합니다. 옆 사람들이 얼마나 피해를 보는지 몰라요. 아무리 급하다지만 분양가 아래로 처분하는 사람들이 어디 있나요."

그늘이 붙은 계단 아래서 건너 101동 쪽 이삿짐 싣는 차를 구경 삼아 보고 있는데 등 뒤에서 여자 목소리가 들려왔다. 우리 골목 통장 아주머니다. 내가 들으라고 하는 소리가 분명했다.

"한 여름에도 이사 가는 분이 있는 모양이죠."

내가 대답삼아 말했다.

"이사야 어느 때든 갈 수 있는 거 아닙니까. 그러나 집값은 제대로 받아야지요. 제 집 제가 파는 데 싸게 팔거나 공으로 내던지거나 남이 관여할 바는 아니라지만, 저래 팔고 가면 안 되는 거예요."

"……?"

나로선 통장의 말을 얼른 이해할 수가 없었다. 집을 어떻게 팔든 자기네들 형편 따라 처분하는 건데 왜 참견일까, 혹 저 집과 무슨 미진한 거래 관계가 있는 건 아닐까, 나름대로 골몰하고 있는데 통장의 다음 말이 뒤를 잇는다.

"차라리 내던지는 게 낫지 한 장(1억) 이하로 받아가지고는 안 되거든요. 나중에 우리는 집 다 팔아먹었다 아닙니까. 살 사람들이 자꾸 저 집하고 비교할 테니 말입니다."

그때서야 감이 잡혔다.

"얼마나 받았는데요?"

"9천 2백 받았답니다. 그게 말이 되나요."

"매매가 잘 안되나 부죠."

매기(買氣)가 없으면 수요공급의 법칙에 의해 자연히 값은 떨어지게 되어있다. 그것이 시장경제의 원리 아닌가.

"매매가 되고, 안 되고는 나중 문제라니까요. 지금까지 우리 단지에서 가장 싸게 팔린 집이 9천 9백입니다. 그것도 빚잔치 하다시피해서 판 집이 그렇거든요. 34평이 9천 2백이라면 이건 내던지는 거 하고 같다 말입니다. 우리 같으면 그냥 공으로 주면 줬지, 한 장 이하로는 어림도 없습니다."

"듣고 보니 정말 너무 싸게 판 거 같습니다."

내가 아는 〈남쪽나라〉 34평형의 분양가는 1억 4백이다. 거기에 베란다 샤시 값이니, 보조 자물쇠 값이니 해서 최하 3백은 더 보태야 원가가 된다. 한창 뛸 때는 1억 5천까지 올라간 적도 있었으나 요즘은 거래가 뜸한 것으로 알고 있다.

"주민들이 알면 욕 다 합니다. 올 가을에 이사 갈 사람들은 솔직히 큰 걱정이지요. 팔린 가격이 있는데 누가 더 주겠다고 그러겠습니까. 이치가 그렇잖아요."

"그것도 그렇겠습니다만."

"우리 집값은 우리가 올려놔야 하는데. 그렇지 않아도 집값이 곤두박질을 치고 있는데, 앞으로 두고 보면 알겠지만 더 깎자는 사람만 있지 올려줄 사람은 아무도 없다 아닙니까. 저 집 때문에 여기 아파트 가진 사람들 천만 원 이상 모두 손해 보고 있다는 걸 한 번 생각해 봐요. 억장이 무너질 일 아닙니까."

"일 리가 있는 얘깁니다."

내가 좋게 받았다. 그럴 사정이 있어 그렇겠지, 세상에 제 것 아깝지 않는 사람이 어디 있겠느냐는 생각이 잠깐 들었지만 그냥 삭인다.

내가 아파트 경비실에서 근무하면서 확실하게 하나 배운 게 있다면 그건 바로 중용이다. 논리의 중용이 아니라 처신에서의 중용을 말한다. 한창 때는 내가 가장 멸시했던 것이 중용이다. 세상에 중용은 어디에도 없다고 생각한 사람이다. 길면 길고, 짧으면 짧은 거지 길지도 않고 짧지도 않다는 대답은 있을 수가 없다. 희고 검은 것에서도 마찬가지다. 회색주의자가 좋지 않은 인상을 주는 것도 그런 데에 원인이 있다. 회색으로 움츠리고 있다가 언젠가 때가 오면 힘 있는 쪽으로 기울어질 가능성이 다분히 있기 때문이다. 그러나 이제는 다르다. 이쪽저쪽도 아닌 게 좋았다. 내 사고가 달라진 것이 아니라 그렇게 사는 것이 편하더라는 경험이 그렇게 만들었다고 보면 된다. 나이가 들어 힘이 없고 자기편이 없으니 더했다. 지금 대답도 그런 것이 바탕에 깔려있다. 통장의 주장이 옳지만은 않다는 것이 내 생각이지만 이런 경우 내가 대답할 수 있는 말로는 그 이상 훌륭한 정답이 없다고 본 것이다.

이날 저녁이었다. 그 집에 새로 들어올 사람들의 이삿짐 차가 도착했다. 여름철 이사에다가 저렇게 서둘러 이사를 하지 않으면 안 될 만한 무슨 사연이 있겠지, 이런 생각들을 하며 그쪽을 건너다보고 있는데 옆문 강씨가 보였다.

"저 집 되게 싸게 팔렸다며."

내가 심심풀이 땅콩삼아 말을 건넸다.

"싸기는 머. 요즘 집값이 마이 떨어졌는가븐데, 지 시세 거기 있지 어데 갔을라고."

"우리 통장 얘기는 안 그렇던데."

"물어 볼 사람한테 물어바야제."

"……."

나는 아무 말도 하지 않았다. 그만하면 알만했고 그 이상 다른 말을 했다가는 엉뚱한 말을 만들 수도 있다는 생각이 들어서다. 말하자면 여기에서도 나는 중용을 택한 것이다.

"나, 오늘 기절초풍할 얘기 하나 들었구마."

조용히 사다리차로 이삿짐 오르내리는 것을 보고 있던 강씨가 뜬금없이 불쑥 뱉었다.

"……?"

나는 무슨 말이 나오려나 해서 힐끔 돌아보며 뒷말을 기다렸다. 또 관리소장과의 무슨 마찰이 있지 않았나, 요즘 강씨 이야기는 십중팔구가 그쪽에서 맴돌았다. 그런데 잘못 짚었다.

"오늘 저기 이사 간 집 있잖아……."

"그래서……."

"이런 걸 아파트 생활의 비극이라고 해야 할지, 어째야 할지는 모르겠다만서도 듣고보이 기도 안 차더라카이."

"무슨 일이 있었기에?"

"남에 일이지만 눈앞이 캄캄하더구마."

"앗다. 뭔 서론이 그리 길어. 얼른 본론으로 들어가 봐."

"통장 아주머이는 알구 있을 긴데."

"참, 말이 많네. 무슨 애긴데 그러큼 뜸을 들이나."

"그럴만한 얘기니까 그러는 거 아이겠어. 돈 주고 들을라치면 억만금을 주고도 몬 듣는다. 머 좋은 이야기야 아이지만."

이렇게 시작된 강씨의 이야기는 이러했다. 물론 오늘 이사 간 집에서 일어난 일이다.

지난달 월초라고 했다. 딸이 자꾸 소화가 안 된다며 걸핏하면 끼니도 거르고, 집에 들어오면 종일 방구석에 박혀서 시름시름 하고 있기에 병원을 데리고 가 봤다. 입시가 며칠 남지 않았는데 고3 딸을 가진 부모로서는 걱정이 안 될 수가 없었던 것이다.

이것저것 묻던 의사는 청진기 검사까지 다 하고나서 신경성 소화불량이라며 주사 한 대와 약간의 약을 지어주며 돌려보냈다. 고3이라는 특수 환경에다 감수성이 예민한 사춘기라 스트레스를 받게 되면 그런 증세가 왕왕 일어난다며 가족들의 협조를 당부하면서. 그런가 보다고는 병원 문을 나오는 데 한 간호사가 일부러 문 밖까지 따라 나왔다. 그리고는 같이 온 어머니를 따로 좀 보자고는 이렇게 말하더라는 것이다.

"아주머니, 수고스럽더라도 병원을 한군데 더 가 보세요. 이번엔 산부인과를 가보시죠."

그때까지만 해도 그 말을 예사로 들었다. 환자가 다 큰 여자니까 그런가보다고만 생각했던 것이다. 그런데 산부인과에서 나온 진찰 결과는 하늘이 무너지는 소리였다.

"임신 4개월입니다."

생각지도 않은 일로 사형선고를 받은 사람처럼 어머니는 그 자리에 주저앉고 말았다. 거기에는 하늘같이 믿었던 딸아이에게서 받은 배신감도 한 몫을 했다. 집에 돌아온 어머니는 딸아이를 붙들고 대성통곡을 했다.

"야, 이눔아. 믿는 도끼에 발등을 찍어도 분수가 있지, 세상에 이런 날벼락이 어데 있노 말이다. 너 죽고 나 죽자. 우리한테는 그

길밖에 없다. 어이, 어이."

그나마 남이 알까 봐 문을 잠그고 숨을 죽여 울어야 했다. 그날 저녁 이들 모녀는 벌에 쐰 사람처럼 퉁퉁 부은 얼굴로 마주 앉았다. 운다고 해결될 일만은 아니었다.

"그래 그 놈이 누구냐?"

"……."

"남자가 누구냐 말이다."

"……."

"말 못할 짓을 와 했노, 어이? 말해라. 입을 다물고만 있어가지고 될 일이 아이다. 해결을 봐야할 거 아이가. 이왕 이래 된 거 누구냐? 남자가 누구냐 말이다."

"……."

그러나 딸아이는 묵묵부답으로 입을 꿰맨 듯 벙어리 짓을 했다. 어머니가 바짝 다가앉아 윽박지르며 다그쳤다.

"야, 이놈 자식아. 왜 얘기를 못하냐. 정말로 우리 같이 죽어야 되겠나 응? 말을 해야 해결을 볼 거 아이가."

"…엄마."

그때서야 딸아이가 입을 간신히 열었다. 그런데 이게 어떻게 된 일인가. 다음 말은 그야말로 어머니를 또 한 번 기절초풍하도록 만들어놓고 말았다. 상대한 남자가 동생이라는 것이다. 말하자면 상피(相避)를 붙은 셈이다. 세상에 이런 경천동지할 일이 있는가.

그들로서는 무너진 하늘이 또다시 무너지는 일이었다.

이들에게는 혼자가 된 시어머니와 그들 내외, 그리고 올해로 고3, 고1의 남매가 있다. 34평 아파트에는 방이 세 개다. 큰방 하나와 응접실 이쪽저쪽으로 작은방 둘이 있는데 큰방에는 그들 내외가, 작은방 하나는 사내아이인 고1이 쓰고, 시어머니와 딸이 다른 방 하나를 같이 쓰고 있다. 그러나 시어머니가 담배를 피우기 때문에, 꼭 그것만이 아니라도 한 대 있는 컴퓨터가 동생 방에 있어 딸아이도 그 방에 가서 지내는 일이 많았다. 그렇다보니 가끔 저녁 늦게까지 있다가 그대로 자는 경우도 더러 있었다. 그때마다 다 큰 놈들을 저렇게 둬서는 안 되는데 하면서도 남매간인데 설마 어떨까 해서, 언제가 될지 모르지만 형편이 나아지면 방 하나 더 있는 집으로 옮긴다며 기다리고 있는 터에 이런 불상사가 일어났다는 것이다.

"세상에 저런 놈으 꼴이 있나."

내 입에서 나온 말이 강씨의 이야기를 잘랐다. 적게 산 나이도 아닌 지금까지 살아오면서 온갖 망측한 얘길 다 들어봤지만 난 아직 이런 이야기는 처음 들었다. 〈전설 따라 삼천리〉에서나 나옴직한 이야기가 내 이웃에서 일어났다니 생각만으로도 너무 끔찍했다.

"기도 안 찰 노릇이제. 입장을 바까서, 아인말로 내 집에서 저런 일이 일어났다고 한번 생각해보란 말야. 사람 미치고 환장할 거 아이겠어."

"그래서 그 뒤를 어떻게 수습했대?"

누가 알면 죄받을 소리지만 궁금하기도 하고 흥미롭기도 했다. 어디 그런 일이 흔한 일인가 말이다. 계속 파고 물었다.

"뒤가 어찌됐냐니까?"

"야, 이 사람아. 물을 걸 물어라. 내가 아는 기라곤 그게 전부다. 그래서 쉬쉬 하다가 이사 가는 거겠지."

"……."

왜 집을 싸게 팔았는지 이해할 만했다. 그들에게 집값이 문제이겠는가. 아마 통장도 이런 전후의 사정을 모르니까 그런 말을 했을 것이다. 윤리도 본능의 힘 앞에서는 아무것도 아닌 것인지……. 지금쯤 그 남매가 당하고 있을 고통, 부모들이 입은 충격 등 온갖 일들이 다 떠오른다.

돈 주고도 못 볼 아파트 장례 신 풍속

101동 2문의 상가에서는 오늘 발인 행사를 갖는 모양이다. 날을 꼽아보니 오일장 같다. 영구차 뒤편으로 즐비하게 세워놓은 4, 50여 개의 조화를 보면서 장례 뒤에 저것들을 치우는 데에도 제법 많은 경비가 들어가겠구나, 나는 내가 안 해도 얼마든지 좋을 걱정을 한 번 해본다.

장의 행사가 치루어지는 5일 동안 나는 아파트 화단 앞으로 열병처럼 나열해 있는 조화에 대한 생각으로 많은 시간을 보냈다. 가정의례준칙에는 영정 앞에 두는 바구니 조화 두 개만 허용하고 있는데(직장생활을 할 때 나는 새마을 관계 교관으로 가정의례준칙에 대한 강의를 했는데 이런 경우 50만 원이하의 벌금을 물게 되어있는 것으로 알고 있다) 이제 이렇게 많은 조화를 갖다놓아도 법규의 저촉을 받지 않도록 허용되어 있는 건지, 아니면 눈감아주는 건지 그것도 아니면 모르고 있는 건가 싶었다.

나중에 알고 보니 나만 그렇게 보낸 것이 아니라 2문의 강씨,

그 옆의 김씨도, 조씨도 비슷한 생각들을 하며 자주 내다보았던 모양이다. 어찌 생각하면 참으로 멍청한, 그야말로 우리 같은 경비원들이나 하는 그런 짓거리인지도 모를 일이다. 강씨를 대하자 나도 모르게 오늘도 또 그 소리가 나온다.

"어제보다 더 많제. 아주 병풍을 둘렀구랴. 한 개 10만 원씩만 잡는다고 해도 저게 모두 얼마야. 한 5백만 원, 그것만 해도 한 살림이구만."

"꽃장수가 처삼촌이라도 되능강. 저런 걸 10만 원에 주게."

"우리 같음사 돈으로 쳐 받는 게 훨씬 낫겠는데."

"좀 듣기가 섭섭할는지 모르겠다만서두 임자는 그런 걱정 안 해도 되이까, 거기까지 신경 쓸 거는 없지 싶구마."

"하긴 내가 주제 파악을 못한 거지."

"사람이 시상에 얼굴 내밀었다고 저런 거도 한 번 해보고 가야 하는데 우리는 다 끝장난 거로구마."

강씨의 말이다. 이야기 끝이 맥없이 처진다.

어느 책에선가 인간의 평가는 그 사람 사후에 상여 뒤를 어떤 사람들이 따르는가를 보면 안다고 쓰여 있는 걸 본 일이 있다. 정말 그럴까. 저기 조화에 걸려있는 이름과 상여 뒤를 따르는 사람들과는 어떤 차이가 있을까. 조화의 숫자, 조화를 보낸 사람들의 직함으로 고인을 평가하는 경우도 없지는 않을 것이다. 하지만 이제는 고인과는 무관하게 상주를 보고 보내온 조화도 무시할 수 없는 것이 세상의 일이다.

오전 9시 쯤 고인의 관은 이삿짐을 옮기는 곤드라에 담겨 땅을 밟았다. 계단으로 운구하는 방법도 있을 터인데 유해를 저렇게 옮기다니, 나름대로 사정이 있겠지만 고인에 대한 예가 아닌 것 같아 왠지 보기가 좀 그렇다.

경비원으로 있는 기간 말고도 아파트 생활을 오래 해 왔지만 유해를 곤드라로 운반하는 건 오늘 처음 구경한다. 장관이 따로 없다. 곡을 하며 관 뒤를 따라야 할 상주들이 조심스런 표정으로 하늘에서 내려오는 관을 쳐다보며 천천히, 오른쪽으로, 왼쪽으로 하며 외쳐대는 모습들이 이국의 풍정을 보는듯한 묘한 느낌을 자아내게 한다.

마당에 나와 있는 사람들은 물론 창틀마다 사람들이 얼굴을 내놓고는 이제 우리의 장의 문화도 저렇게 변해가고 있구나 하는 표정들로 지켜본다. 아파트 생활이 만든 새로운 풍속도가 아닐 수 없다.

"그거 참 볼만 하구마이."

어느 틈에 나와 있었던지 3문의 김씨도 내 뒤에서 신기한 구경이라도 보듯 한마디 건넨다.

"말이 쉬워 죽는다는 거지, 죽는 거도 쉬운 일은 아니구만."

내가 우리 사는 아파트가 13층이란 걸 생각하며 받는다.

"한나절 구경거리는 되능구마."

“난 불안해 못 보겠다.”

“불안하기는. 볼만 하구마. 꼭 서커스 보는 기분인데.”

“이삿짐 사다리가 생기드키 앞으로 영구 나르는 사다리도 하나 개발돼야겠구마.”

사람들은 돈 주고도 구경하기 힘든 광경을 흥미로움과 신기함과 약간의 초조한 마음까지 보태서 정신없이 올려다보고 있다.

발인제는 영구가 마당에 나려오자 바로 시작되었고 발인제를 끝으로 마른 곡성이 한동안 마당을 흔들어 놓더니만 곧 그 많은 사람들이 질서정연하게 몇 대의 차에 실려 단지를 벗어난다.

꽃을 실은 트럭이 마지막으로 떠나자 아파트 마당은 파한 시장 바닥처럼 다시 조용했다. 청홍 색깔의 조등 하나만이 댕그라니 달려 이 집이 상가였음을 알려주고 있을 뿐. 우리들은 모두 구경꾼이 되어 처음부터 끝까지 한 사람의 조객의 모습으로 장의 행사를 열심히 지킨다.

“꽃 저거는 모두 어데 가져간다고 저래 실고 가는 거지?”

지금까지 같이 발인제를 지켜보던 강씨가 빠져나가는 트럭 꽁무니에서 눈을 떼며 말했다. 보는 눈은 비슷한 것일까, 지금 나도 그 생각을 하고 있던 참이다.

“그렇게 궁금하거든 한번 따라가 보시지그래.”

내 입에서 나온 말이다. 우리 사이에 그런 질문의 답은 그렇게밖에 할 수가 없다.

“아깝구마. 나는 무엇보다 꽃이 아깝다. 시상에 저런 낭비가 어디 있냐.”

“그런 걱정은 우리가 하는 게 아니여. 꽃집도 먹고 살아야지. 그만 들어갑시다.”

“배달한 꽃집에서 되가져 간다는 말도 있던데.”

생각나는 대로 들은 대로 한 마디씩 보탠다. 이날 저녁이었다. 자정이 다 돼 가는데 강씨가 끓여놓은 물 있거든 한 컵 얻어먹자며 고개를 들이밀었다.

“오늘 장례 치룬 101동 영감 있잖어. 더 다른 이야긴 몬 들었제?”

이제 보니 물은 중신아비고 그 이야기를 하러 온 것 같았다.

“못 들었는데. 다른 이야기라니, 무슨?”

흥미가 동하지 않을 수가 없다. 그동안 그런 분위기 속에서 지냈기 때문에 더했다.

“이상한 소리가 들리더라 카이.”

“자살했다는 거 말고?”

사건이 있던 당일 각 경비원들에게 함구령을 당부하는 쪽지가 생각났다. 5일 전 그날 새벽 고인은 자살로 세상을 떠났다. 11층 자기 방 창틀에다 목을 매고 창밖으로 몸을 던졌다. 직접 본 일이 아니어서 당시의 정황을 속속들이 알기는 어렵지만 본 사람의 이야기를 옮겨보면 그렇다. 세상에 이런 일이 어떻게 일어났을까 싶을 정도로 충격적인 일이었다.

아침 일찍 쓰레기 수거하러 온 청소차 운전수가 우연히 아파트 벽에 널브러져 달려있는 시체를 발견하고는 경비원에게 전했고, 그 경비원이 해당 호수에다 연락을 해서 수습을 했다는 것이다. 그 시각까지 가족들도 까맣게 모르고 있었다. 그 사실 자체만으로도 미스터리 사건 같은 인상을 주는데다가 뒤의 이야기가 더욱 머리를 어수선하게 만들었다.

101동은 규모가 큰 평수의 아파트다. 아파트 평수의 크기가 반드시 빈부를 구별하는 척도는 아니지만, 〈남쪽나라〉에서는 부유층이 산다고 보는 것이 일반적인 시각이다. 생활에서는 물론 문화까지 여유를 가지고 사는, 다시 말해 생활고와는 거리가 먼 사람들의 일이어서 더욱 보고 듣는 사람들에게는 엉뚱한 쪽으로 흥미를 자아내게 했다.

사고가 있던 날 점심때 쯤 101동에서 일어난 할아버지 사망 사고를 너무 퍼뜨리지 말아달라는 쪽지가 각 경비실로 돌아다녔는데 그것부터 호기심을 갖게 했다.

저녁 늦게 사복형사가 다녀갔다는 소문도 들렸고 그 전날 부자간에 대판 싸움이 벌어졌다는 말도 나왔다. 대개 그런 일들이 다 그렇듯 서로가 쉬쉬 하면서도 나돌 건 다 나돌았다.

노인이 자살을 했다면 그 속에는 분명히 뭐가 있어도 있지 싶은데 아직은 상중인데다 보안이 철저해서 그런지 그때까지 우리가 들은 소문은 그게 전부였다. 우리는 알아도 모른 척, 몰라도 모른 척 경비원으로서의 기본 수칙대로 입을 싹 닫고 있었다.

그런데 지금 강씨의 이야기는 또 무슨 이야긴가 말이다. 같은 경비원인데도 가끔 보면 강씨는 이런저런 말을 물어다 나른다. 필요 유무를 떠나 경비원으로서는 남다른 노하우를 가지고 있다고 봐야한다.

"그건 다 아는 일이잖어."

"그것 말고 뭐가 있는데?"

일이 터지고 나서 내가 주워들은 얘기는 상주가 무슨 제조회사의 사장이란 것, IMF때에도 그 회사만은 수출이 더 나았다는 것, 그들에게 노부모가 다 살아있다는 것뿐이다.

"소문 들어 보이까 또 희안한 일도 다 있더라 카이. 우째 그런 일을 맹글었는지 몰라. 자식들이 돈만 알았지 아주 지랄같이 처신을 했더라고. 그러큼 부모들 심사를 내 몰라라 캤던지 몰라."

이렇게 말문을 연 강씨는 경로당 앞에서 바둑두는 노인들에게 우연히 귀동냥으로 들었다면서 이런 이야기를 했다.

노인은 다른 노인들과도 잘 어울려 허물없이 지내는 터여서 이번 자살 소식에 모두 엄청나게 놀랐다는 것이다. 노인들에게 가장 큰 힘은 자식이 잘 풀려 궁색하지 않게 노후를 보내는 것인데, 고인에게는 그런 걱정이 없었으니 비록 부인이 없다고 해도 복 많은 노인이라며 친구들도 부러워했다.

그런데 노인에게는 부인이 있었다. 다만 너무 오래 떨어져 살다 보니까 주변에서 모두 홀아비인 줄 알았을 뿐이다. 부인은 부산에서 내외가 직장생활을 하고 있는 둘째아들에게 가서 집안일이며 아이들을 봐주고 있었다. 그래서 설이나 추석 말고는 거의 만나는 일이 없고 그러기를 금년으로 4년째 든다고 했다. 이렇게 사는 것이 자식 둔 부모의 길이거니 하고는 자식들의 처지에 따르다보니 그렇게 된 것이다.

그러나 사람이 산다는 건 더구나 부부로 같이 산다는 건 그게 아니었다. 젊으나 늙으나 부부는 같이 살아야 구실과 필요의 의미를 갖는데 그들에게는 현실적으로 그게 불가능했다. 우기면 얼마든지 가능한 일이기는 하지만 환갑, 진갑 다 지낸 노인이 망령들었다고 할까봐 아무리 자식 앞이지만 그 소리를 꺼낼 수가 없었다. 말하자면 부모로서의 체통도 그렇지만 곧 무슨 해결 방법이 나오겠거니 해서 참는 데까지 참아보자고 묻어두었던 것이다.

서로가 전화 한 번을 해도 자식 몰래 할 판이니 사람이 할 일이 아니었다. 한 번은 자식들 몰래 노인이 부인을 만나러 부산까지 내려갔던 일까지 있었다. 그런데 그것을 자식들이 알고는 그만 엉뚱한 방향으로 몰아세웠다.

마침내 노인은 요즘 아버님이 좀 이상하지 않느냐는 식의, 며느리와 아들이 주고받는 이야기를 들어야 했다. 노인으로선 기가 찰 노릇이었다. 그러자니 일거수일투족이 더 조심스러워질 수밖에 없었다.

전화라도 해서 안부를 나누자니 요금고지서에 그 흔적이 묻혀 나와 그것도 그들로서는 쉬운 일이 아니었다. 나중에는 경비실에 이야기해서 자식들이 눈치 못 채게 편지도 몇 번 주고받았다고 하나 그것도 계속 할 일은 못 되었다.

일이 이 지경에 이르자 노인은 하루 저녁도 편하게 잠을 이룰 수가 없었다. 종일 멍하니 넋 잃은 사람 모양 앉아있을 때가 많았다. 가까이 지내는 경로당 친구들에게는 자기의 그런 입장과 사정을 털어놓았던가 보았다.

친구들이 그의 딱한 입장을 알고는 대신 아들에게 전해주려고 해 보았지만 노인은 펄쩍 뛰며 말렸다. 그런 말이 자식들의 귀에 들어갔다간 역효과가 나올지 모르고, 도리어 잘못되는 날엔 정신 병원에 가게 될지도 모른다는 말까지 나왔다는 것이다. 그래서 노인네들은 친구의 자살이 그런 일련의 일들과 무관하지 않다고 봤다. 유서 같은 것도 분명히 있지 싶은데 조용한 것으로 미루어 적당히 없앤 것은 아닌지 모르겠다는 말까지 했다고 했다.

두서없이 섬겨대는 강씨의 이야기를 정리하면 대충 그러했다. 강씨는 그 이야기를 조금 흥분한 말투로 자기감정을 많이 섞어서 했는데, 다 듣고 나니 우리도 곧 그런 처지가 될지 모른다고 생각해서 그런지 서글픈 마음마저 들었다.

이야기 끝에 내가 바로 물어본다.

“돌아가신 분이 나이가 몇이래?”

망자를 두고 하는 이야기로는 예의가 아니지만 이야기의 맥이 성생활 하고 직결되는 것 같은 느낌을 받았기 때문이다.

“환갑 진갑 다 지냈다는 거 보이까 우리보다야 더 했겠지. 안 그래?”

“경로당에 나간다면 예순 다섯은 다 넘었을 거 아냐.”

“그 영감 우리도 알잖아. 아마 그쯤밖에 안 될 거구마.”

“아닌 게 아니라 골치 아픈 일이로구만.”

“사실이 그렇더라도 죽을 일 까지는 아이지 싶은데 와 그리 쉽게 목숨을 끊었는지 모르겠다카이.”

“……”

나도 모르게 고개가 끄덕여진다. 하긴 그 양반에게는 우리가 잘 못 알고 있는지 모르지만 그게 그만큼 절실한 일인지 모를 일이기도 하다.

언젠가 손 반장이 나를 두고 젊은 사람이라고 하던 말이 생각났다. 그렇다면 그 노인도 이름만 노인이지 몸은 아직 팔팔 하다는 이야기다. 몸이 팔팔 하다는 건 아직 미우나 고우나 부부가 같이 뒹굴어야 한다는 뜻이 아니겠는가. 내가 아는 손 반장이 바로 그런 나이다.

그게 그렇게 절실했더라면 우회적으로 표현하더라도 자식에게 털어놓을 수가 있을 터인데 정말 그토록 어려운 일이었을까, 문득 그 생각이 든다.

"자식과 부모 사이의 벽이 그렇게 두터웠던 가보지."

내 입에서 나온 말이다. 누구든 당해보지 않고 그 처지에 있는 사람을 이야기하지 말라는 논어의 가르침이 언뜻 스친다.

"글쎄 말이야."

"열 효자가 악처 하나만도 못하다더니만……."

"앞으로는 자식 낳았다고 좋아할 거 하나 없다카이. 저런 자식 열이 있으믄 머 하겠노. 안 그러나?"

우리는 이미 그 이야기를 기정사실화시켜 주고받는다.

"그렇다고 안 낳을 수도 없는 거고……. 사람 나름이겠지."

"우리도 나중에 저런 꼴 안 날는지 몰라."

"말이 씨 된다고 그런 얘긴 하는 게 아니우."

"자식이 지 부모를 이산가족으로 만들었는데 자식 좋다 칼 기 머 있노 말이다."

"사실인지 아닌지 모르지만 사실이라믄 보통 문제가 아니여."

"이런 얘기 들으믄 없이 아등바등 살아도 우리가 사는 이기 복이라 카이. 허허허허."

"웃을 수 있으니까 좋다. 허허허허."

우리 두 사람의 웃음소리가 아파트 현관을 조용히 울린다.

몰래 쓰레기 버리는 선생님

창으로 찾아든 햇살이 너무 따가워서 커튼 위에다가 신문지를 겹으로 씌어 붙이느라 허둥대고 있는데 손 반장이 찾아왔다.

"이 사람 이 골목 사람 맞지?"

그가 내보인 것은 주소, 이름이 간신히 붙어있는 각봉투 조각이었다. 1401이란 아파트 호수는 정확하게 살아있고 성명은 장이란 성씨만 간신히 붙어 있었다. 우리 골목 사람이 맞다. 14층 어느 여자중학교 선생님으로 알고 있는 사람이었다.

"왜 그러는데요?"

"글쎄. 이 골목 사람이 맞아, 안 맞아?"

"맞지 싶습니다."

"아니, 또 맞지 싶은 건 뭐야? 기면 기고, 아니면 아니지."

"맞아요. 그런데 왜 그래요?"

"그 사람 뭐하는 사람이야?"

무슨 일인지는 모르지만 그 사람 때문에 속이 상한 듯한 표정이었다.

"선생인데요."

"뭐, 선생?"

"예."

"참 세상 하나 재미 있구만."

반장이 실소를 머금었다. 평소 저러는 일이 잘 없는 사람인데 태도가 이상했다.

"이거 보라구. 바로 그 사람이 공중전화 휴지통에 버린 거야."

반장이 내보인 것은 제법 큼직한 검은 비닐봉지였다. 열어 뵈는데 보니 그 속에는 자질구레한 쓰레기가 가득 차 있었다. 음식 쓰레기도 들어있어 냄새까지 풍겼다.

"이걸 그 양반이 거기다 버렸단 말예요?"

"그러니까 이렇게 들고 온 거 아냐."

"그럴 사람은 아닌데……."

"아니라니, 그럼 이건 뭐여?"

나는 반장이 쓰레기봉투를 왜 들고 왔는지 잘 알았다. 며칠 전부터 범인을 잡아야지 하며 벼르던 일이었다. 정문 경비실 옆에는 두 대의 공중전화 부스가 있다. 그리고 그 안에는 전화기를 이용하는 사람들의 편리를 위해 조그만 쓰레기통을 하나씩 마련해 두었다. 전화 거는 사람들이 무심코 버린 쓰레기들을 해소하기 위해서다. 그런데 거기에다가 종량제 봉투를 사용해서 버려야 할 일반

가정 쓰레기를 몰래 버렸으니 세상에 이런 얌체족이 어디 있느냐
는 것이다. 내가 그 봉투를 한참 들여다보다가 말했다.

"우리 그만 모른 척 합시다."

소행머리로 봐선 당연히 따져서 바뤄야 하겠지만 말썽 만드는
것이 싫기도 했다.

"이 사람이, 정말 형편 없구만."

반장이 나에게 짜증을 냈다.

"이번 한 번만 봐 줍시다요."

"나도 한 번 같으면 말도 안 한다. 벌써 여러 번째야. 한 번은 일
부러 지키고 섰다가 직접 버리는 걸 보기도 했지만, 혹 나중에 딴
소리 할지 몰라 오늘은 증거를 확실하게 잡아 가지고 온 거라구."

"이상하다. 그럴 사람은 아닌데……."

"어쨌건, 나는 그래 못한다."

"……."

그만 딱 골치가 아팠다.

"그 양반 아주 계획적이더라구."

"도무지 이해가 안 가는데요."

"선생이라면 더군다나 그래서는 안 돼지. 이치가 안 그래? 세상
에 지꺼 아깝지 않는 사람이 어디 있나. 그래도 지킬 건 지켜야 할
거 아냐."

"말이사 백 번 옳죠."

내가 우물우물했다. 일을 바로잡자면 직접 대놓고 잘잘못을 따지는 수밖에 없는데 서로가 할 짓이 아닌 것이다. 그리고 순수하게 받아들여 시정해 준다면 모르지만, 자칫하면 그것으로 해서 다른 일에 불똥이 튈지도 모를 일이다. 세상엔 성인군자만 사는 건 아니다.

생활 쓰레기는 당연히 구청에서 판매하는 종량제 봉투에다 넣어 버리게 되어있다. 검은 비닐봉지에 담아 그곳에다 슬쩍 버렸다면 누가 뭐래도 꿍꿍이속이 분명하다. 더군다나 행위자가 교직에 있는 사람이라면 도덕성까지도 의심받을 일이다. 그러나 어디 세상 일이 그런가. 이치를 벗어난 일들이 얼마든지 일어나고 있다. 그게 인간이 사는 세상이다.

"하여튼 이건 당신이 책임져라. 당신 골목 사람들 일이니까. 알았지?"

반장의 다짐이다. 나와 짝꿍인 구씨도 좋은 사람이지만 우리 반장 손씨도 내가 볼 땐 좋은 사람이다. 솔직한 것도 그렇고 인간적인 면도 그러하며, 일을 이끌고 매듭짓는 것도 그런 사람이다.

그동안 경험으로 손 반장의 인품도 알만큼은 아는데, 말투로 봐서 이번 일은 못 참겠다는 듯 보였다. 일의 내용으로 봐도 충분히 그럴만한 성질의 것이다.

"알았습니다. 내가 해결할 테니까 일루 주고 가십쇼."

골치가 뻑지근하지만 도리가 없다. 그날 오후 시장 갔다가 들어오는 장 선생의 부인을 붙들고 내가 조용히 이야기를 꺼냈다. 손 반장의 이야기를 한 번 여과해서 내 딴에는 들어도 기분 나쁘지 않도록 배려해서 말했던 것이다.

"알겠습니다."

그때까지만 해도 아주머니는 웃는 얼굴로 올라갔었다. 그런데 그날 저녁이었다. 한 10시쯤 되었을 무렵 추리닝 차림의 장 선생이 경비실로 날 찾아왔다.

"우리 집사람이 쓰레기봉투가 어쩌고 하면서 뭐라고 하던데 그게 무슨 소리요?"

잔뜩 굳은 인상이 심상치가 않음을 느끼게 했다.

"그거, 별 거 아닙니다. 그냥 넘어가면 됩니다."

내가 우물우물 받았다. 인터폰으로 해도 될 일을 일부러 여기까지 내려올 때는 벌써 일의 잘잘못을 떠나 시비를 걸려고 온 것이 분명했다. 아무래도 일이 시끄러울 조짐이 보였다. 나는 뒷말을 숨긴 체 엉거주춤한 웃음을 지었다.

"아니 그래, 쓰레기를 쓰레기통에 버렸는데 그걸 문제 삼아 어떻게 하겠다는 거요."

"……"

할 말이 안 나왔다. 도대체 저런 당당함이 어디에서 나올까.

'그 쓰레기는 거기에다 버리는 게 아니잖아요. 그것도 벌써 여러 번째라면서요.'

이 말이 혀끝에 얹혀 구르지만 참고 참았다. 같이 따져 대들면 이길 수야 있겠지만 설령 이겼다고 해도 눈만 뜨면 볼 사람들인데 면구스럽기는 마찬가지였다.

"사람들 참 무섭네. 그래 그걸 가지고 시비를 건다니, 나 원 도무지 이해를 못하겠구만."

"선생님, 그만 올라가십쇼. 누가 보고 그러기에 전해드린 건데 우리가 잘못한 거 같습니다."

계속 숙이고 들어갔다. 더군다나 손 반장을 팔수도 없다.

"알겠습니다. 나도 더 이야기 안 하고 가겠습니다만, 그런 거 가지고 사람 욕보이는 거 아닙니다. 그렇게만 전하시우."

대꾸가 없자 제바람에 스스로 풀이 죽었다. 이런 일을 다행이라고 해야 할까, 불행이라고 해야 할까. 적반하장이 무색할 판이다. 제 잘못을 모르지는 않을 텐데 책가방 끈의 길고 짧음이 인품의 무게와는 무관함을 새삼 느꼈다.

"송구합니다."

내가 또다시 고개를 꾸뻑했다. 다음날 아침, 손 반장에게서 인터폰 연락이 왔다.

"봐라. 오늘도 내가 유심히 지켜봤는데 오늘은 그냥 나가더라. 선생이라고 다 가르치는 건 아냐. 선생도 배울 건 배워야 한다구. 우리가 지금 선생을 가르치고 있는 거야 허허허허."

"허허허허."

나도 같이 따라 웃는다. '노블레스 오블리주(noblesse oblige)' 신분이 높으면 그 신분에 알맞은 처신을 하라. 《로마인 이야기》를 쓴 시오노 나나미가 로마제국 천 년을 관통하는 철학이 바로 여기에 있다고 하지 않았던가.

웃는 게 상책이라

수퍼에 볼펜을 사러 나갔다가 들어오면서 보니 정문 주차장 옆에서 반장이 주민과 실랑이를 하고 있다. 주고받는 내용이 어처구니가 없어 잠시 걸음을 멈추고 듣는다.

"지금 자리가 비워 있잖아요. 그런데?"

장애자 표시 위에 승용차를 세워놓은 주민의 이야기다. 역정이 섞인 말투다.

"장애인 주차장 아닙니까?"

"그건 나도 알아요. 장애자가 들어오면 비켜준다니까요."

"비키는 게 아니라 그곳은 장애자들만 이용할 수 있도록 비워둬야 합니다."

"세상에 그런 법이 어디 있어요?"

"우리 단지 수칙입니다. 그리고 그게 예절이기도 하고요."

"예절이라고요?"

"참 유구무언이라더니 말이 안 나오는구만."

“…….”

“참 답답하네. 여유가 있을 때 말이지, 우리 단지엔 주차장이 많이 모자라잖아요. 그러니까 효율적으로 이용하자 이겁니다. 나도 눈 있어요. 여기가 장애자 전용 주차장이란 것도 압니다.”

“…….”

반장의 묵묵부답. 상대를 계속 하느냐 마느냐 하는 눈치다.

“내가 말했잖아요. 종일 세워두는 것도 아니고 잠깐이면 된다는데 왜 그렇게 부라퀴같이 물고 늘어지는지 모르겠네.”

“내가 무슨 권리로 물고 늘어지겠습니까. 주민들이 수칙을 그렇게 만들어놓아 그걸 같이 지켜달라는 건데요.”

“참 말귀를 너무 못 알아듣는다. 버스 타보셨죠. 거기에도 노약자 석이 있습니다. 그렇지만 조용할 때는 학생들도 거기 앉는다 그 말입니다. 이래도 이해가 안 됩니까?”

“그거와는 경우가 다릅니다.”

“뭐가 달라요, 다르긴. 자꾸 수칙을 내세우는데 무슨 수칙인지는 모르지만 내가 책임질 테니까 그냥 좀 둡시다.”

“딴 건 다 두고 우리가 곤란합니다.”

“나 참, 사람 미치겠네.”

“모르겠습니다. 그럼 알아서…….”

맘 같아서는 지원사격이라도 좀 하고 싶지만 반장이 물러서 주는 기색 같아 그냥 돌아서고 만다. 꼭 같이 맞서면 이길 수는 있다.

그러나 이겨서 얻는 게 뭐가 있는가. 이겨서 지는 패자보다 져서 승자가 되는 게 훨씬 낫다. 상처뿐인 영광이 무슨 영광인가. 나중에 순찰 나온 반장에게 아까 그 일 결말이 어떻게 났느냐고 물어보았다. 대답이 걸작이다.

"웃고는 말았지, 뭐. 날아가는 새가 똥을 쌌다. 그 똥이 내 옷에 떨어졌다. 맘 같아서는 새 꽁무니에다 대고 욕이라도 퍼붓고 싶지만 그래해서 득 될 게 뭐 있겠노. 입만 더러워지지. 그때는 그냥 허허 웃는 게 상책이라니까. 등신처럼 말야. 안 그래?"

역시 우리 반장 다운 익살이다. 등신처럼 산다, 참으로 재미있는 표현이다. 등신(等神)은 '어리석은 사람'으로 사전에 나와 있다. 그런데 왜 어원인 한문의 뜻은 '신과 동등한 위치'에다 두었을까. 물론 이런 반어법을 염두에 두고 한 이야기는 아닐 것이다. 어리석게 산다는 게 참되게 산다는 걸 몸으로 배운 결과가 그렇게 나타난 것이 아닌가 생각해본다.

새벽녘, 혼자 그네 타는 남자

선잠에서 깨어난다. 화장실에 다녀오고 싶은 변의가 나를 깨운 것이다. 새벽 2시 반이다. 두어 시간 전 일이다. 12시가 막 지났는데 정문 경비실 손 반장에게서 전화가 왔다.

"정문이야. 잠깐 왔다 가라구."

내 대답도 듣지 않고 손 반장은 수화기를 놓는다. 나는 손 반장이 왜 나를 찾는다는 걸 이젠 정확하게 안다. 소주가 준비되어 있으니 한 잔씩 나눠 마시자는 전갈이다.

손 반장은 애주가다. 내가 알기로 하루 저녁도 술 없이 넘긴 적이 잘 없다. 하지만 그가 그렇게 술을 좋아한다는 건 몇몇 사람밖에 모른다. 밤 12시 이후에 마신다는 것도 그렇지만 일체 티를 안 내기 때문이다. 수칙에 근무 중 음주는 금하고 있다. 그럼에도 그 위치에서 알게 모르게 마시는 건 술에 이길 자신이 있기 때문이다. 내가 그를 애주가로 단정 짓는 것도 거기에 있다.

그의 주연 소요 경비는 회당 2천 원이다. 수퍼마켓에서 사온 소

주 2병에 1,600원, 달걀 5개가 전부다. 우리를 부를 때쯤이면 달걀을 커피포트로 삶아놓은 뒤다. 요즘 같은 겨울철 야근 근무자들에게는, 특히 우리 같은 중늙은이들에게는 은근히 기다려지는 자리이기도 하다.

우리에게는 유상곡수(流觴曲水)가 따로 없다. 이게 바로 포석정에서 술잔을 띄어가며 심신을 달래는 놀이다. 그는 곧잘 그런 준비를 해놓고 경비원 가운데서도 호흡이 맞는 사람들을 한두 사람씩 불러 쌓인 피로를 씻곤 하는데 아까 거기서 한 잔 얻어 마신 술이 나를 깨운 것이다.

우리가 이용하는 화장실은 관리사무소 안에 있다. 그런데 갈 때는 바빠 몰랐는데 나오면서 여유를 가지고 보니 바로 옆 어린이 놀이터에 웬 사람 하나가 혼자 그네를 타고 있다. 지금 시간이 몇 신데, 더구나 영하로 떨어진 이 밤중에 누가 왜 저러고 있을까, 혹 술 취한 사람이나 정신 나간 사람은 아닐까, 이런 생각들을 하며 다가갔다. 그네를 탄다기보다 그네 위에 얹혀 흔들리고 있는 이는 102동 사람으로 나도 면이 많은 사람이었다.

"이 밤중에 혼자 거기서 뭐하십니까?"

"그냥 바람 쐬러 나왔습니다."

말은 그렇게 해도 나는 속으로 혹 부부싸움 끝에 튀어나온 건 아닐까 하는 생각이 들어 말 부치기도 조심스러웠다.

"허허, 날씨가 추운데요."

“그냥 지낼 만하네요.”

추위에 대비해서 나온 듯 두터운 잠바도 입고 있었다. 나는 속으로 참 희한한 사람도 다 있구나, 생각하고는 막 돌아서려는데 갑자기 남자가 나를 붙드는 말을 꺼냈다.

“오늘 저녁이 우리 아이가 세상을 떠난 날입니다. 그래서…….”

“예?”

생각지도 않은 말에 그만 정신이 번쩍 들었다.

“작년 이맘때 우리 아이가 여기서 사고로 죽었거든요.”

남자의 음성이 떨어진 기온만큼이나 가라앉아 있다.

“아하. 그러면, 그 여식아이가.”

“예.”

“벌써 그게 1년이나 됐구나.”

작년 이맘때였다. 미끄럼틀 상단을 떠받치고 있는 기둥과 몸체의 연결고리가 풀어지면서 철제 구조물이 그대로 주저앉아 그 밑에서 놀던 아이 여러 명이 피투성이로 병원에 실려 간 일이 있었다. 119가 오고 경찰에서 조사도 나왔다. 그때 여자아이 하나가 죽었는데 이제 더듬어보니 그 아이가 102동에 산다고 그러는 것 같았다.

“그때 다친 아이가 여식아이지요.”

새삼스레 그때 그 기억을 떠올렸다. 한바탕 난리를 친 일이었다.

“예. 맞습니다, 우리 앱니다.”

“아하, 그렇구나.”

깊은 밤 비명에 잃은 딸이 그리워 잠을 못 자고 그 현장에 나와 있는 부모의 심정이 어떠하겠는가. 아이의 영혼이 아버지의 이런 아픈 마음을 안다면 그 심정 또한 형언할 수가 없으리라. 남의 일이지만 그런 생각을 하자 추위가 싹 가셨다.

“그때 외동딸이라고 들었는데 맞는지 모르겠습니다.”

“예, 맞습니다.”

“……”

“다른 건 조금씩 잊겠는데 무심코 그 놈한테 니가 그만 사내아이 같으면 좋겠다고 한 적이 있어 그게 자꾸 맘에 걸리네요.”

“동생을 하나 더 두면 될 거 아닙니까.”

“집사람이 건강 때문에 좀……”

“아하.”

“그랬더니 이놈이 내가 혼자 조용히 있으면 내 뒤에 와 가지고 한다는 소리가 ‘아버지, 아버지는 또 내가 머슴애가 됐으면 딱 좋겠다는 거 그거 생각하고 있제, 내 말이 맞제?’ 하는 거 아니겠어요. 내가 왜 개한테 그런 천부당한 얘기를 꺼냈는지 모르겠어요.”

“……”

“그런데 하루는 이놈이 제 방에서 꿇어앉아 기도를 하고 있잖아요. 너 지금 뭐하냐고 물었더니 머슴애 되게 해 달라고 하느님께 기도 올린다는 거 아닙니까. 아마 누구한테 무슨 얘기를 들은 모양인데 그게 자꾸 눈에 밟히네요. 괜히 그런 얘기를 했다 싶기도 하고.”

“…….”

나는 옆에서 고개만 끄덕였다. 이 밤중에 그가 왜 여기에 나와 있는지 충분히 알만했다. 나는 얼마동안 그의 말벗이 되어주었다가 조용히 일어났다. 말벗도 좋지만 내가 오래 같이 있을 자리는 아니기에…….

“새벽 공기가 돼서 날이 많이 찹니다. 난 그만 먼저 들어가겠습니다.”

저럴 때에는 혼자 딸자식과의 아름다웠던 추억에 묻혀있도록 두는 게 좋을 것 같다는 생각을 하며 돌아섰다.

알아도 모른 척, 눈 뜬 장님이어라

103동 앞 화단에 그늘이 졌다. 30도가 넘는 더위 속에서 종일 두 평 남짓 되는 경비실 안에만 틀어박혀 있자니 숨통이 콱콱 막혔다. 부채를 들고 밖으로 나왔다. 계속 선풍기를 틀어놓고 가만히 앉아있자니 엉덩이에는 땀띠가 나고 입에서는 냄새가 폭폭 났다.

어느 틈에 나와 있었던지 강씨는 화단 난간에 걸터앉아 부채질을 하며 연방 하품을 토해놓고 있다. 하늘은 어느 구석을 봐도 비 올 기미는 보이지 않았다. 사람을 폭폭 삶았다. 사방이 막혀 바람 한 점 없는데다 종일 불볕에 단 콘크리트 벽에서 내뿜는 열기 탓에 더했다.

그때 2문으로 낯선 여자 한 사람이 들어가는 게 보였다. 이젠 2문 골목 사람들도 나에게 전혀 낯선 얼굴만은 아닌데 여자는 처음 보는 얼굴이었다.

"지금 누구 들어간다."

내가 강씨에게 턱짓을 하며 일러줬다.

"오는 거 다 봤어. 들어가도 괜찮어."

강씨도 곁눈으로 봤던 모양이다.

"화장품 외판원 같구먼."

들고 가는 가방에서 그런 표가 났다.

"맞아. 그런 사람이야."

"로숀이라도 하나 얻어 썼나부지. 거들떠보지도 않게⋯⋯."

심심하던 차에 잘 됐다는 듯 농을 건다. 자기 집 들어가듯 쑥 들어가는 행동에 예사롭지 않음이 엿보였기 때문다.

"왜? 궁금혀."

"나이는 좀 있어 보이는데."

"남으 여자 나이 알아 어데 쓸라고?"

"그냥 그렇다는 건데, 뭐."

"시방 저 여자도 골치깨나 썩히고 있다카이. 보기엔 저래 생글생글 웃으며 댕겨두."

"그건 무슨 말이지?"

"저 여자 남편이 101동에 어떤 혼자 있는 여자랑 눈이 맞아 자주 들랑거리는 가봐. 요새 그걸 잡을라고 망을 보고 있는 중이라구. 말하자문 매복해 있다가 현장을 팍 덮으려는 거지."

2문 골목 12층에 잘 아는 자기 고객이 있는데 거기 가는 길이라 했다. 그쪽 베란다에서 내다보면 자기 남편이 드나드는 여자 집이 똑바로 보인다는 것이다. 현행범으로 잡기위해 꽤 여러 날을 저렇게 열심히 지키며 감시하고 있는 중이라는 설명이었다.

"오 그래. 그거 아주 재미있겠는데."

마침 심심하던 차에 좋은 이야기 감을 하나 건졌다는 생각이 들었다.

"이 사람이 재미는. 남은 똥끝이 바짝바짝 타들어가는 판인데."

"원래 재미있는 게 다 그렇잖어."

"그거도 사람 할 짓은 아이지 뭐."

"여자 이쁘겠다, 돈 잘 벌어 오겠다, 저런 여자를 두고 왜 바람을 피운단 말야. 호강에 겨운 남자 아냐."

"그건 임자 생각이구. 서방님한텐 어디가 모자라도 모자라기에 바람피우고 댕기는 거 아이겠어."

"어쨌거나 잡히는 건 시간 문제로구만."

"그렇다고 봐야겠지. 저러길 한 달도 넘었지 싶은데 아직 기척 없는 걸 보믄, 남자가 눈치 잡고 딴 데서 만나는 건 아인지 몰라."

"어느 문인 지는 모르겠다만 101동으로 바로 가서 경비실에다 부탁해두면 될 건데. 그럼 꼼짝 못할 거 아냐."

"이 사람이 또 정신 나간 소리 하고 있다. 누구 잡을라구……."

"아니, 이야기가 그렇단 말이우."

"어디 경비가 그런 거 잡아주는 사람인강."

"그걸 알도록 하면 안 되지."

"하여튼 우리 골목은 터가 안 좋은가 봐. 잡으러 댕기는 사람이

들랑거리는가 하믄, 또 잡혀가야 될 사람도 하나 있으이.”

“허허 그거 참. 그런 거 있음 심심하진 않겠다.”

“꼭 연속극 보는 기분이지.”

“잡혀야 될 사람은 누군데?”

이왕 나온 이야기, 호기심이 발동했다.

“사생활 침범이라 함부로 캐서는 곤란해.”

“침범은 안 하고 구경만 할테니까 얘기해 봐여.”

강씨는 잠시 머뭇거리더니만 에라 모르겠다는 표정과 함께 입을 열었다.

“그 사람도 이거 하난 되게 많은 갑더라. 주류 대리점 한다는 사람인데, 이거 딴 데 가서 얘기하믄 안 돼. 임자한테만 특별히 털어놓는 거니까.”

“알고 있다니까. 구경만 한다구 했잖어.”

“꼭 일주일에 한 번씩만 오더라구. 날짜는 일정하지 않아도 그거 하난 아주 잘 지키더라 카이. 택시를 타고 오는지 기사가 단지 입구에다 내려다놓고 가는지 그런 거는 우리네가 알 바 아이고, 올 때는 꼭 혼자 타박타박 걸어 들어오는 거야. 아마 나이는 우리랑 비슷할 기구마. 사실 우리도 시퍼런 경비복을 입고 있어 그렇지 때 빼고 광내고 나가면 아직은 쓸 만한 나이거든.”

“그래, 그렇다 치구.”

이야기가 구미를 돋웠다

"보기엔 아주 점잖하지. 허우대도 멀쑥하구."

"원래 얌전한 고양이가 부뚜막엔 먼저 올라가지요."

"하기사 돈이 있어 그렇겠지."

"그야 물어볼 것도 없는 거구."

"그래도 겉으로 봐가지곤 돈 있는 표가 하나도 안 난다. 허름한 잠바를 걸치고 올 때도 있고 그래. 하기사 돈 없는 사람이야 그런 짓 하겠어."

"금세 돈 많은 사람이라 해놓구선. 돈 많은 건 기본 아니오. 돈 없어 봐 누가 붙겠어."

"그런데 재미있는 거는 꼭 12시 10분 전에는 나간다구. 그거두 아주 정확해. 시계가 따로 없다카이."

"여기서 자지는 않는단 말이지."

"응, 잠은 집에 가서 자는가 봐. 알고보이 그런 사람이 진짜 오 입쟁이란다."

"아주 한량이로구만."

"한 번은 내가 시계를 보면서 재 봤지. 지금쯤은 내려올 때가 됐는데 하고 말야. 그런데 그만 딱 내려오는 거야."

"잘 합니다요. 남 재미 보는데 문간에 앉아 시간이나 재구."

"먹구 살려다보니 그래 된 거 아이겠어. 허허허."

"그러자면 이젠 우리 강형하고도 친하겠구만."

"글쎄, 그런 걸 친하다고 해야 할지 어떨지는 모르겠다만서도 눈인사는 하고 지낸다. 그 눈빛 속에는 서로 이해해달라는 뜻과 이해한다는 뜻이 들어있다고 봐야 않겠어.”

말 타면 경마 잡히고 싶다던가. 이야기를 듣고보니 그 사람까지 알고 싶어졌다. 2문 사람이라면 이름만 어두울 뿐이지 나도 대충 얼굴은 다 알고 있다.

“몇 층 여자지?”

“이사람 보라카이. 모른 척 하라이까.”

“구경만 한다고 했잖아.”

“누구 밥통 떨어지는 거 꼭 봐야겠어.”

그때 내게 느낌으로 떠오르는 여자가 하나 있었다. 눈치로 잡아 그 여자가 분명하지 싶었다.

“이제 알겠다. 나두 감이 잡히는데 그 여자 아직 젊지?”

“그라믄 젊지. 할망구하고 만날까 봐 그래?”

“키도 그만하면 늘씬하더라. 빨간 쉐타 자주 입고 다니는 그 여자 아냐?”

“모른 체 하라이까, 글쎄.”

내가 말한 그 여자가 맞는 모양이었다.

“그런데 그 여자, 아이도 하나 있는 거 같던데?”

“여식애 하나 키우고 있다.”

“그럼, 그 애도 그 남자 아인가?”

궁금증이 자꾸 일었다.

“이 사람아, 물을 걸 물어라. 그걸 내가 어찌 아나.”

“수문장이라면 다 알아야지. 다른 건 다 알면서 그거 하난 왜 모르는고.”

“…….”

강씨는 여기서 잠시 말을 끊고 담배를 꺼내 물었다. 담배 연기를 허공에다 길게 품어 올리며 한동안 무슨 생각을 하는지 하늘에다 시선을 고정시켰다. 나도 강씨를 열심히 바라봤다. 강씨가 두어 모금 빨더니만 반도 안 탄 담배를 껐다. 그리고는 누가 묻기나 한 듯 단호하게 뱉었다.

“돈 있으믄 나도 그래 살겠다. 못 하는 기 바보지 머.”

“얼씨구. 여기 잘난 사람 또 하나 났구만.”

“이 사람아. 그건 이녁두 마찬가지라구. 모두 그 형편이 안 되니까 이러구들 있는 거지. 형편만 돼 봐, 왜 안 하겠어?”

“사람 도매금으로 때리지 말라구. 모두 똑 같은 거 아니니까.”

“우리 솔직히 말하자. 멋지게 사는 기 뭐꼬. 바로 그런 거 아이겠어. 나는 누가 뭐래도 그래 생각한다 카이. 돈 벌어다 어데 쓸라꼬. 그라고 돈은 왜 아등바등 벌라고 그라는데.”

“그야 잘살라고 하는 거겠지.”

“그라믄 하나 물어보자. 잘산다는 게 뭐꼬? 모두 그런 거 아이겠어. 출세하자는 것도 똑 같은 거고.”

“몰라, 아직은 그 위치에 있어보지 않아 이러쿵저러쿵 말하기는 뭣하다만 우리 같음 불안해서 저 짓 못하지 싶은데.”

“여게 공자 양반 또 하나 났구만. 야, 이친구야 그게 스릴이라는 거다.”

“또 엄청 아는 척 하네.”

“돈만 있어 봐라지. 왜 말이 있잖어. 자고로 제일 근사한 기 도 둑질해 사는 여자고, 두 번째가 과부 그라고 시 번째가 종놈 여자, 맨 꼴찌가 지 여편네래. 그건 그만큼 공이 들어가야 맛이 난다, 그 말 아이겠어. 바로 스릴이 들어가야 한다 그 말야.”

“사람 다시 봐야 겠수다. 이제 보니 우리 강형, 모르는 게 없구 만요.”

“얌전한 고양이가 부뚜막에는 먼저 올라간다고 척 해서 그렇제 그건 임자가 나보다 열 목 더할 거구만.”

이젠 나까지 완전히 자기 영역으로 끌어넣는다. 하긴 알 수가 없는 일일 뿐이다. 지위가 높으면 친구를 바꾸고, 돈이 많으면 마 누라를 바꾼다는 말이 그냥 생긴 말은 아닐 것이다.

“그건 강형 좋도록 생각하시오.”

“하지만 우리한테 그게 무슨 소용이 있겠나. 다 꿈이고 구름 잡 는 이야기지. 안 그런가? 허허허허.”

자기가 생각해도 처지와 꿈이 너무 동떨어져 어처구니가 없었 던지 공허한 웃음을 함께 쏟아 놓았다.

“허허허허, 그게 그렇게 좋은 꿈인강?”

나도 충분히 수긍이 갔다. 그러나 같이 맞장구를 쳤다간 이야기가 끊어질 것 같아 엉뚱한 소리로 말꼬리를 늘였다.

"이 사람아, 좋구 말구지. 길을 막고 물어봐라, 세상에 그것 이상의 꿈이 있는강. 모두 자신이 없으이까 몬 해서 그런 거지, 부랄 두 쪽 지대로 찬 놈 치고 그 꿈 안 가지고 사는 사람 하늘 아래 몇이나 있을랑공."

"너무 심한 거 아니오."

"심하다이? 이건 누구한테 물어보구 자시구 할 거도 아이라이까. 내가 확실하게 자신할 수 있는 거라구. 알기를 그렇게 알믄 되는 거야."

"그래도 그래 몰아 부치는 건 좀 그렇다."

무슨 생각을 했던지 강씨의 말이 비약한다.

"안가라는 말 들어봤제. 거기가 뭐하는 덴 줄 알아? 안전할 안 짜에 집 가짜, 그게 바로 높은 양반들 사모님 몰래 객고 푸는 데라구. 적으로부터 안전한 데가 아이라 여편네로부터 안전한 곳이라 그말이라카이."

"그거 이야기 되는데. 그런데 그런 거는 우째 알았지?"

"알고 모르고 할 기 뭐 있노. 딱 보믄 다 아능 거 아이가."

"정말 많이 아는데. 정말이지 다시 봐야겠구만."

"이미 박 대통령 시해 때 나온 답 아이가. 그런데 뭘. 말을 몬해서 그렇지 누구든 다 아는 기고, 결과가 좀 그렇고 그래서 그렇제

다 돈 벌고 높이 올라가믄 그래 되능기라."

나는 대통령이 시해되었다는 궁정동 안가를 잠깐 생각해 보았다. 마음 같아서는 나도 같이 거들고 싶었지만 참았다. 같이 북 치고 장구 치면 재미가 없을 것 같아서다.

"우리 강형 말도 틀린 데는 없는데."

"이 사람이 머라카노. 실컷 듣고는 엉뚱한 소리를 하고 있네."

"그건 아이고⋯⋯."

"사람이 세상에 태어나 천년만년 사는 것도 아인데 그 좋은 걸 한 번 몬 해보고 간다카이 눈물이 다 날라칸다."

강씨의 얼굴은 농만이 아닌 진실이 묻어 나왔다.

"그게 그렇게 부러운가."

"그라믄 부럽지 안 부러워. 그런 기 안 부럽다카믄 인간도 아이지 머. 아등바등 살 필요도 하나 없는 거구."

"우리한테는 이제 다 끝난 일 아닌가."

"끝난 게 확실하다 말이지?"

"몰라. 낼 쯤 천지개벽이라도 한다면야 입맛을 한 번 다셔보지만 설마 그럴 일이사 있을라구. 그런데 하나 물어보자."

"뭔데?"

"젊은 여자들 하고 동침을 하고나면 회춘을 한다는데 그게 사실인강?"

"나도 더러 듣긴 했는데 생짜로 거짓말은 아일 기야."

“소문에는 그렇더라만.”

“글쎄 말야. 그런 뭐가 있길래 모두 미처 날뛰지. 우리 골목에 오는 그 양반도 다 그래서 오는 거 아이겠어.”

갑자기 강씨가 팔을 걷어 올리며 자기가 차고 있던 손목시계를 내보였다. 나는 시간을 보려고 꺼내는 줄 알았다.

“…….”

“이게 웬 건 줄 알어?”

“그게 뭔데?”

“이 시계 말야. 그 양반한테 뇌물받은 거라구.”

“뇌물?”

“잘 봐 달라고 받은 거니까 뇌물 아냐.”

“경비원 처지에 뇌물 같은 것도 받고 자리 하난 괜찮수다. 봐 가면서 나도 하나 얻어주라구. 안 그럼 내가 떠벌릴 거로구만.”

“개않치?”

강씨가 씩 웃는다. 시계 바탕에 회사 상표가 들어앉아 있는 것으로 봐 그 남자가 관계된 회사의 홍보물로 만든 물건 같았다.

“좋은 거 받았네.”

“우릴랑 굿이나 보고 떡이나 먹는 거지 뭐.”

강씨의 이야기는 바퀴가 달린 듯 신이 났다.

“그래도 2문에는 먹을 떡이 있어 좋구만.”

“어, 이거 우리 인터폰 소리 아냐.”

　잡담 중에도 귓바퀴를 계속 자기 경비실로 세워놓고 있었는지 나는 제대로 듣지도 못했는데 강씨는 어느 틈에 다 듣고는 부리나케 뛰어 들어갔다. 오후 한 나절이 그렇게 잡담으로 지나갔다.

　살아오면서 느낀 일이지만 수다나 음담패설도 울음이나 배설처럼 삶의 카타르시스로 단단히 한 몫 한다. 그렇게라도 한 번 떠벌리고 나면 가슴이 시원한 것은 모두 그런 것이 아니겠는가. 특히 요즘 와서 그걸 절실하게 느낀다.

빨래터가 되어버린 회식 자리

오후 5시가 되는 것을 보고 집을 나섰다. 우리 〈남쪽나라〉 뒷골목에 있는 음식점 〈달구지막창집〉에 가는 길이다. 오늘 6시 그곳에서 103동과 102동 경비원들의 합동 단합대회가 있다. 오늘 아침 교대 자를 기다리는 동안 같이 퇴근 준비를 하고 있는 2문의 강씨를 찾았다.

"저, 강형. 오후에 회식 있다는데 꼭 가야 해요?"

어제부터 오늘 오후에 회식이 있다고는 했지만 꼭 안 가도 될 일 같으면 안 갈 양으로 2문 강씨에게 한 번 더 물어봤다.

"그럼. 당연히 나와야지. 와, 무슨 일 있는 겨?"

"그런 건 아니구요."

"꼭 나와야 해. 이녁 보구 하는 회식인데 주인공이 안 나온다 캐서야 말이 안 되지. 이치가 안 그런가."

왜 회식을 하는지는 언뜻 들어 알고 있다. 쓰레기를 분리수거해 모으면서 재활용 쓰레기를 별도로 모아 판매한 기금이 좀 있는데,

그것으로 오늘 저녁에 목구멍 때를 벗긴다는 것이었다. 금액이 많을 때는 조금씩이나마 현금을 나눠 갖기도 했다는데, 이번에는 모인 것도 없을 뿐만 아니라 여러 달이 지나도록 두 동에 새로 들어온 사람들과 정식으로 인사도 못 나눴다면서, 좀 늦었지만 내 환영식을 겸한 단합대회를 갖기로 결정 봤다고 했다.

"알겠습니다. 꼭 나가지요."

내가 갔을 때는 약속 시간보다 20분이나 이른 시간인데도 이미 3명이 나와 있었다. 약속한 시간에는 한 사람만 빠지고 다 나왔다. 102동에 5명, 우리 103동에 4명, 손 반장과 전기 기사까지 해서 모두 11명이 참석했다. 102동 3문의 이씨가 부인 병원 가는데 동행했다가 일이 생겨 못 온다고 했다. 손 반장은 좀 늦게 왔는데 그 사이 좋은 일이 있었던지 이미 술에 익은 얼굴이었다.

소문만 들었지 그들과 술자리를 같이 한 건 처음인데 소문대로 모두 술 속은 좋았다. 누구 하나 사양하는 사람 없이 권하는 술을 다 받아 비워냈다. 죄다 소주 체질이었다. 전부 나이가 있는데 두 당 소주 한 병 반이면 보통 주량은 넘는 편이다. 그런데 마시는 걸 보니 그 걸로는 어림도 없다. 나도 못하는 술은 아닌데 오히려 그 중 나이가 밑인 내가 먼저 손을 들어야 할 판이다.

할 이야기만 하고 말을 아끼던 사람들이 하나 앞에 한 병 꼴로 술이 들어가자 그만 말이 많아지기 시작했다. 그때 누군가가 마치 기회를 기다리고 있었기나 한 듯 손 반장에게 물었다.

"참, 반장님. 하나 물어 보입시다. 105동에 교장선생 그 양반, 그 뒤로 우째 됐심니꺼?"

"우째되다니……."

"파출부하고 머 어떻더라 안 캤는교?"

손 반장이 사람 좋게 빙그레 웃고 나선 말했다.

"그런 건 그만 모른 척 하소."

"진행 중인 모양이구만예?"

"좋도록 생각하라구."

무슨 이야기가 알맹이도 없이 저렇게 오가는 게 있을까 해서 내가 옆 사람에게 물어보았다.

105동 어디에 퇴직한 교장 한 사람이 홀아비로 살고 있는데 그 집에 파출부로 한 아주머니가 나들었다. 그런데 언제부터인가 그 파출부는 자기가 열쇠를 하나 복사해서(물론 주인 승낙 아래 한 일이겠지만) 혼자서도 예사로 그 집을 나들었다. 나중에는 파출부의 영역을 넘는, 일테면 늦은 밤에도 출입을 하는가 하면 맛있는 음식을 시켜다가 같이 먹기도 했다. 처음 보는 사람들에게는 부부나 다름없는 행세를 해왔는데, 이쯤 되면 그 이면 생활이란 보나마나 뻔한 일이 아니겠느냐는 추측이었다.

말이 안 날 수가 없다. 경비원들에게는 물론 이웃 사람들까지 아는 사람들은 알게 되었다. 좋지 않은 인상을 준 것은 뻔한 일, 사람들의 구설수에 오르내리고 있었는데 지금도 그냥 그러고 있는지 그걸 물어보는 것이라고 했다.

"아파트 생활이 좋은 기 뭐꼬. 바로 그런 거 아이겠나. 즈거 좋으믄 됐지 우리가 이래라저래라 칼 일은 아이잖나."

중간에서 한 사람이 끼어들었다. 그는 그렇고 그런 내용을 잘 아는 모양이었다. 그 이야기 끝에 반장이 말했다.

"모두 모른 척 해라. 알고도 모르고 모르고도 모르고 우리한테는 그저 모르는 게 상책이다. 그거 우리가 알아 뭐할 끼고?"

"알겠심더. 괜한 걸 물어 미안심더."

그때 내가 하나 물었다. 누구를 정해서 물은 게 아니고 그들 가운데서는 내가 아직 풋내기이기 때문에 아는 사람이면 누가 말해도 좋다는 듯 던진 것이었다.

"제가 겪은 일인데 젊은 아지매가 나가면서 '아저씨예, 지 오늘 나갔다카지 마이소.' 그러던데 이런 경우 나중에 바깥양반이 물으면 뭐라고 대답하지요?"

솔직히 나로서는 입장이 난처해서 물어본 것이었다. 내 말에 사람들은 모두 히죽이 웃기부터 먼저 했다. 이왕지사 이렇게 된 거 한 마디 더 보탰다.

"그런데 이거는 내 혼자 생각인데 남편 몰래 나간다면 필시 좋은 곳은 가지 않을 거 아닌가요."

"남편 모르게 나간다면 답은 나온 거 아냐. 뭐 뻔한 거겠지."

"그렇다고 해서 꼭 나쁘게 해석할 건 없는 거 아냐."

“그거 우리가 알 거 뭐 있어. 그냥 그런가보다고는 넘어가면 그만이지.”

답은 여러 가지로 나왔다. 내 생각과 크게 다른 건 없었다. 나도 그런 생각들을 해봤다. 그러나 내가 원하는 답은 만에 하나 무슨 일이 생겨 그 여자 남편이 물어왔을 때 대답을 어떻게 하느냐는 것이었다. 바른대로 말하면 여자가 다치고, 여자가 시킨 대로 하면 결국 거짓말을 해야 할 판인데 그러면 또 근무 태만이 아닌가 말이다. 솔직히 그 걱정이 잠재의식으로 남아 그렇게 나온 것이다. 그런데 또 이런 이야기를 하는 사람이 나왔다.

“그거야 그래도 개안쿠마. 우리 동에는 이런 사람도 있다카이. 여편네는 나가면 지 서방한테 모른다고 카라 그라지, 또 지 남편은 남편대로 우리 여편네 나 없을 때 나가능가 어쩌능가 봐 달래지. 글씨, 이런 경우 누구 말을 들어야 하나 말야.”

“아니 그런 집도 있단 말요?”

내가 물었다. 그 문제는 내 문제보다 더 어려웠다.

“있길래 하는 얘기 아이겠어.”

그러자 누가 또 끼어들었다.

“으이그, 그런 거야 새발에 피구마. 어떤 사람은 지 마누라가 서방질한다고는 까벌려 놓고 범인 잡드키 지켜달라는 이도 있는데.”

그야말로 말문을 열어놓고 보니 점입가경이었다. 모두 입을 다물고 있어 그렇지 보고들은 것을 다 털어놓으면 나중에는 별천지가 열리지 싶다.

"그래서 어떻게 했수?"

그 말 나오기를 기다렸다는 듯 내가 물었다.

"어떻게 하긴. 그냥 우물우물 넘어가는 거지 뭐. 한번 생각해보라구. 이녁 같으문 누구 편을 들겠냐고."

"우물우물 넘어가다뇨?"

"그냥 웃고만 있으면 되는 거라구. 다른 방법이 없잖어."

"참 골치 아플 일이로구만."

조용히 듣고만 있던 손 반장이 말했다.

"야, 이 사람들아. 모두 좋은 자리 있을 때 잘 봐줘라. 지 몸 지 맘대로 하는데 우리가 왜 간섭한단 말이고. 근무수칙에도 우린 참견 말고 구경만 하라고 돼 있잖어. 그러니까 우린 그들이사 무슨 지랄을 하든 점잖게 구경만 하면 되는 거야. 그런 것도 아주 없는 거보다는 낫잖아. 심심하지도 않고 말야. 그럼 됐지 뭐."

역시 이 나이에도 한 살이라도 더 먹고 하루라도 이 세계에 더 있었던 사람들이 세상 보는 폭이 넓었다. 정답은 두루뭉술하게 넘어가는 것으로 내는 수밖에.

이제 보니 내가 들은 건 아무것도 아니었다. 내가 그 이야기를 꺼냈을 때 그들이 히죽이 웃는 걸 그제서야 알 것 같았다. 그때 누군가가 또 새로운 이야기를 꺼냈다.

"우리 골목에는 희한한 일이 하나 있다. 멀쩡한 가정에 한 사내가 찾아와서는 주인한테 부인을 내놓으라는 거야.”

남의 부인을 내놓으라니 이야기를 듣긴 해도 얼른 감이 오지 않았다.

“그게 무슨 소리야?”

다른 사람들도 그렇게 들었는지 한 사람이 되물었다.

“아, 글쎄. 자기랑 살겠다고 부인을 양보하라는 거라니까?”

“무슨 그런 이야기가 다 있어?”

“그러니까 하는 얘기 아냐. 이미 우리 골목 사람들은 다 아는 일이라구.”

“그래서?”

“거기에다 이상한 건 그 집 남자의 미적지근한 태도야. 정상적인 남자라면 112에다 신고를 하거나 주먹질이라도 할 거 아니겠어. 그런데 이 양반은 목을 쭉 빼고 남의 일 구경하듯 보고만 있는 거야.”

“도대체 이해를 못하겠구만. 무슨 그런 일이 다 있나. 사람이 좀 모자라는 모양이지. 안 그러구서야 그게 말이 돼.”

“모자란 사람도 아니야. 은행원인데 왜 모자라겠어.”

“첫사랑이 찾아온 건가?”

“그것도 아니래.”

“알겠다. 여자가 돌아댕기면서 꼬리를 쳤다가 물렸구만.”

“자세한 내용은 모르겠고 그저께도 다녀갔는데 이제 아주 공개적으로 내놔라 하는가 봐.”

“참 세월 하나 좋다. 그래 그 부인은 뭐래?”

“그런 거 까지는 잘 모르겠고. 아직 이러지도 저러지도 못하고 그러고 있나본데 골치깨나 아픈가 봐.”

“여자한테 문제가 있는 거야 남자한테 문제가 있는 거야?”

무슨 사연이 있어도 있기에 생긴 일이겠지만 아닌 게 아니라 이야기 같잖은 이야기였다. 참 별놈의 일이 다 일어나고 있었다.

그밖에도 많은 이야기들이 쏟아졌다. 세컨드쯤 되는 듯한 혼자 사는 여자가 있는데 언제 나갔는지 나가서는 석 달 열흘이 지났는데도 여태 얼굴도 보이지 않는다는 것, 그런데 밤에 나갔는지 불을 켜놓고 나가 주야장천으로 전등불이 환하다는 이야기, 또 어떤 이는 화단에 관상용으로 심어놓은 모과나무를 주민이 싹둑 자른 일이 있는데 사연인 즉 낮거리(房事)를 하다가 모과를 따러 나무에 오른 아이들에게 들켜 홧김에 그만 잘라 버려 아까운 나무만 곤욕을 치르게 했다는 어처구니없는 이야기도 나왔다.

더 파고들었다가는 어떤 이야기가 나올지 모르겠다. 어렸을 적에 동네 어른들로부터 마을을 기쁘게 하는 세 가지 소리가 있는데 갓난아이들 우는 소리, 아낙네들 다듬이질 소리, 서당의 글 읽는 소리가 여기에 든다고 들었다. 이제 그런 소리는 동네에서도 더군다나 아파트 단지에서 듣는다는 건 백년하청(百年河淸)이리라.

주차 좀 똑바로 해주세요!

"이 주사요."

재방송으로 나오는 TV연속극 볼륨을 잔뜩 죽여 놓은 채 몰래 화면만 보고 있는데 박 사장이 경비실 안으로 기척도 없이 고개를 불쑥 들이밀었다. 그는 우리 골목의 대표이며 단지 운영위원이다. 나는 본능적으로 벌떡 몸을 일으켜 세웠다. 그리고는 얼른 TV스위치를 껐다. 어느 틈에 나를 감시 감독하는 사람들에 대한 몸에 밴 예절이 그렇게 나타난 것이다. 이젠 우리 골목에서는 목소리만으로도 그 소리의 임자가 누구란 걸 짐작할 정도가 되었다. 그런 것 보면 직업의식이란 참으로 묘한 구석이 많다.

이곳에서 나를 '이 주사' 라고 호칭하는 사람은 박 사장 한 사람뿐이다. 30여 년 만에 다시 들어보는 말이다. 오래전 총무처 시행 5급 을류 공무원 채용 시험에 붙어 공무원 생활을 처음 시작했는데 그때 과 계장이 나를 부를 때 '이 주사' 라고 했었다. 5급 을류는 직명이 '서기보' 다. 주사라는 직명은 4급 갑류 공무원으로 시골에선 중간 간부층에 속한다. 그런데 나를 그렇게 격상시켜 불러 주었다. 기능직이나 일용직 근무자들에게도 주사라고 불렀는데, 나중에 알고 봤더니 하위직들에게 붙일 호칭이 마땅치 않아 모두 그렇게 격상시켜 부르고 있었다.

나는 아직 박 사장이 무슨 사장인지 잘 모른다. 구씨가 사장이라고 부르니까 나도 그렇게 알고 부를 따름이다. 소문에는 사람 장사한다는 말도 있고 집 장사한다는 말도 있는데, 굳이 알 필요도 없고 해서 그냥 그렇게만 알고 있는 사람이다. 그러나 그런 것과는 관계없이 그는 어쨌건 직장으로 치면 나의 상사이며 관리자인 셈이다.

"⋯⋯?"

눈으로 무슨 일이냔 듯 물으며 뒷말 나오기를 기다렸다. 박 사장은 휴대폰 든 손으로 나를 밖으로 불러냈다. 그리고는 앞의 주차장을 가리켰다. 거기에는 더 다른 말이 없더라도 충분히 알 수 있는 일이 벌어져 있었다.

"저기 좀 봐요. 주차 위반도 차선 위반입니다. 저래 차선 한가운데다 차를 박아놓으면 두 대 댈 걸 한 대밖에 못 대잖아요."

"예. 바로잡겠습니다."

변명할 일도 아니고 해서 나는 옹색한 웃음을 보이며 허리를 꺾었다. 박 사장은 또 다른 지적할만한 일을 찾는 듯 한동안 꿈쩍 않고, 바로 쏟아지는 햇살을 피해 결막염 환자 눈으로 사방을 훑어보더니만, 휴대폰으로 전화 한 통화까지 싸움하듯 큰 소리로 떠벌리고는 획 나가버렸다. 이런 일이라도 맡지 않았더라면 입이 심심해서 어떻게 하루를 다 보낼까 싶은 인상을 진하게 풍기는 사람이다.

나는 조금 전 화장실에 다녀오다가 이미 그것을 보았다. 502호의 교수 부인 소행이었다. 빨간색 차는 우리 동에서는 그 집뿐이다. 남편은 지방의 어느 전문대학에 나가고 있는데 아침에 나가면 일찍 들어온다고 해도 저녁 9시 뉴스가 끝나야 들어오는 사람이다. 운전 솜씨가 서툴러서 그런지 그 여자는 저런 짓을 잊을만하면 한 번씩 하곤 했다. 며칠 전에도 여자는 내가 현관에서 딱 내려다보고 있는 데에도 차를 엉거주춤 세웠다. 경비원 입장을 설명해 가며 좋게 당부를 했는데도 그만 여자가 발끈했다.

"아저씨도 참 이상하시네. 차가 꽉 차서 복잡할 때 말이지 이렇게 텅텅 비어있는데 아무렇게나 좀 세워놓으면 어때서 그래요? 곧 나갈 건데."

당연하다는 듯 적반하장으로 되몰아 부쳤다.

"사모님도 참, 우리가 야단맞습니다. 다 바로 세워놓았는데 한 대만 저래 놓으면 보기도 좀 그렇고요."

"나 원 참. 별 소리를 다 듣겠다. 남한테 불편 안 주면 되는 거지, 보기 좋은 거 하고 무슨 관계가 있어요."

이런 답답함이 있는가. 전혀 반성의 기미가 보이질 않는다. 그리고는 몹시 불쾌하다는 듯 획 바람까지 일으키며 그대로 들어가

버렸다. 자신 있거든 마음대로 해보란 듯.

기가 찰 노릇이었다. 마음 같아서는 되불러 호되게 면박을 주고
싶지만 제반 여건상 그럴 수만은 없어, 그러나 그쯤 해두었으면
다음부터는 시정하겠지 하곤 참았는데 오늘 또 그 모양으로 주차
를 해 사람을 성가시게 만들어놓았다.

나는 그 여자가 무식해서 그렇다고는 생각하지 않는다. 다만 경
비원에게 주의를 받았다는 상한 자존심의 반발로 본다. 자기 잘못
이 불을 보듯 뻔한데 저렇게 대드니 말이다. 한 번 더 참아볼까, 어
쩔까 망설이다가 인터폰으로 여자를 찾았다. 무엇보다 박 사장이
나에게 한 게 있는데 그쪽 체면도 생각지 않을 수가 없다.

"502호죠?"

"네, 그런데요."

"경비실입니다. 아주머니, 차 좀 바로 세워줘야 하겠습니다."

긴 말 않고 바로 찔렀다. 남편이 교수란 걸 알고는 지금까지 사
모님이라 불러왔는데 일부러 아주머니에다 악센트를 넣어 불렀던
것이다.

"아저씨, 정말 이상하시다. 왜 자꾸 그런 일로 트집을 잡고 그러
세요?"

예상한 대로의 반응이 왔다.

"트집 잡는 게 아닙니다. 내가 무슨 힘으로 아주머니한테 트집
을 잡겠습니까. 저래 세워놓으면 우리가 야단을 맞습니다. 그래

서……."

"도대체 야단치는 사람이 누굽니까? 내가 그 사람들한테 바로 말할게요. 제 집에 제 차 대는데 누가 감 놔라 대추 놔라야. 이치가 그렇잖아요."

맨손으로 담 뜯는 소리다. '이치'의 뜻이나 제대로 알고 하는 소리인가.

"여러 사람이 사는데 서로가 지켜야할 건 지켜주시는 게……."

말끝을 조금 내렸다. 그렇더라도 내 입장에선 박 사장을 끌어다 댈 수는 없다.

"아 그래, 그 사람이 누구냐니깐요. 모두 먹고 할 일이 그렇게 없답니까. 그런 일 가지고 시비를 걸게."

"……."

어불성설, 말이 안 나왔다.

"나도 꽉 막힌 사람 아닙니다. 학부 나왔어요. 보자보자 하니까 정말 너무들 하는구만. 내가 곧 나간다고 서둘러 대다보니까 그렇게 된 건데 그걸 그렇게 씹어대 가지고 이거 어디 경비 무서워 주민들이 맘 놓고 살겠나요."

불똥이 다른 곳으로 튈 조짐마저 보였다.

"아주머니, 그럼 됐습니다."

내가 얼른 수습책을 내놓았다.

"되기는 뭐가 됐어요. 멀쩡한 사람 바보 다 만들어 놓고는."

“송구합니다. 담부터는 조금만 신경 써 주십쇼.”

“정말이지 뭐 이런 사람들이 다 있는지 모르겠네.”

꽁무니를 빼자 여자가 더 기고만장했다. 나이 차이가 얼만데 아
아예 반말까지 썼다.

“그만 끊습니다.”

나는 서둘러 엉거주춤 수화기를 놓았다. 나이 든 사람이 참자.
세월이 그런 세월이다. 이겨서 지는 것 보다는 저서 이기는 것을
찾자. 여기서 배운 것이 그런 것 아니던가? 나를 타이르고 타일렀
다. 아무런 죄 없는 전화기만 원망스럽게 바라보다가 긴 한숨으로
자신을 달랬다. 이쯤 해두었으면 다음부터는 어디가 달라도 좀 다
르겠지 하면서…….

우리 아이한테 왜 야단쳐요?

점심으로 라면 하나를 끓여 먹고 101동 모퉁이에 붙어있는 수도에 식기를 씻어 들고 들어오는데, 1001호 아주머니가 경비실 앞에서 나를 기다리고 있었다. 평소 인사성이 유별나게 밝았는데 오늘은 이상하게 조용했다.

"아저씨."

나를 부르는 아주머니의 말투도 좀 달랐다.

"……."

그릇에 묻은 물기를 털어내며 내가 치떠 보았다.

"아저씨, 우리 아이한테 왜 야단을 쳤어요?"

그때서야 와 닿는 게 있었다. 그 집 아이가 조금 전 학교 마치고 들어가면서 승강기의 층별 단추를 있는 대로 다 눌러놓고 내렸다. 벌써 여러 번째다. 며칠 전에도 그런 일이 있었다. 승강기를 기다리던 주민이 잔뜩 화가 나서 경비실을 찾았다. 그런 아이들은 불러다가 두 번 다시 안 그러도록 따끔하게 야단을 치라는 주문이었다. 그래서 한 번 주의를 주어 타일러 보냈다.

그런데 오늘 그 아이가 또 나가면서 그런 짓을 한 것이다. 그러나 나는 좋은 게 좋다고 이번에도 조용히 말로만 타일러 돌려보냈다. 그런데 아이가 그걸 심각하게 받아들였던 모양이었다. 하긴 말로 한 충고지만 내 얼굴도 좋은 빛은 아니었을 것이고 때문에 아이는 겁이 났을지도 모른다.

"별로 야단 친 일도 없는데……."

내가 웃으면서 말했다.

"아저씨가 작대기로 다리몽댕이를 분질러 놓을 지도 모른다면서 벌벌 떨고 있던데요. 지금 아저씨 무서워 학원에도 못 간다고 들어앉아 있다 아닙니까."

아주 기분 나쁜 얼굴로 따지듯 말했다.

"허허. 그 놈 언구럭도 여간 아니구먼."

내가 웃음을 앞세웠다. 이미 상대편 언행 보니까 벼르고 내려온 것이 분명했기에 누그러뜨리기 위해서였다.

"언구럭이 아녜요. 걔는 언구럭 피울 줄도 모르구요."

"그런데 걔는 웬 장난이 그렇게 심한지 모르겠어요. 툭 하면 버튼을 있는 대로 다 눌러놓아서 사람들을 성가시게 하고……."

마음 같아서는 다른 말도 좀 보탰으면 싶었지만 나는 가급적이면 좋은 쪽으로 몰고 갔다.

"욕도 하셨다면서요."

“또 별 소릴 다 듣겠네. 안 했습니다.”

“애한테 욕을 하면 어떡해요.”

“손자뻘 되는 애한테 내가 어떤 욕을 하겠습니까.”

“우리 걔가 장난이 좀 심한 건 나도 압니다. 그렇더라도 잘 타일러야지 야단을 치면 어떻게 해요. 애들이 다 그렇지, 여기에 어른들만 살 수는 없는 거 아닙니까.”

“허허허.”

나는 또 웃었다. 웃음밖에 안 나왔다. 다른 방법이 없었다.

“웃을 일이 아니라니까요.”

“어쩝니까. 그렇다고 그런 아이들을 무작정 내버려둘 수는 없는 거 아닙니까.”

“이 아저씨 참 이상하시네. 그럼 아저씨 한 짓이 잘했다는 겁니까?”

‘짓’ 이라는 말이 말초신경을 건드렸다. 하지만 이제 그 정도 말에는 이골이 났다.

“내가 꼭 잘했다는 건 아닙니다.”

“지금 아저씨 말투가 그렇잖아요.”

“아주머니, 그만 올라가십시오. 그만하면 알겠습니다.”

당신 아이가 잘했는지 골목 사람들을 불러다놓고 한번 물어보란 이야기가 목구멍까지 차 올라왔지만 또 참았다.

“알기는 뭘 아는 데요?”

“그럼, 내가 잘 못했습니다. 이제 됐습니까?”

“아저씨, 지금 아저씨는 사과하는 게 아녜요. 사람을 놀리고 있는 거예요.”

아주머니도 끝까지 버텼다. 정중히 사과를 받아내고야 물러서겠다는 것일까.

“그게 아닙니다.”

“나 참, 별꼴 다 보겠네.”

별꼴이라니, 젊은 여자 입에서 나온 말투라 더 기가 찼다. 또 참고 참았다.

“주의를 주다가 보니 본의 아니게 조금 심한 말이 나온 거 같습니다. 그래 이해해 주십쇼. 내가 댁의 아드님한테 무슨 역하심정이 있어 욕지거릴 하겠습니까. 그렇잖아요, 아주머니.”

“걔도 타이르면 곧이들을 앱니다. 4학년에요.”

“알겠습니다.”

결국 내가 숙이고 들어갔다. 어차피 사과를 받으러 온 거고 사과를 하지 않으면 할 때까지 죽치고 따질 태세였다. 더 붙들고 있어봐야 사람만 성가시게 할뿐 다른 방법이 나올 수가 없다.

그건 그동안 경험이 가르쳐 준 교훈이었다. 때리고 잔 사람은 다리를 오그리고 자지만 맞고 잔 사람은 다리를 뻗고 잔다는 건 여기에서도 절실하게 통했다.

“…….”

일의 잘잘못을 떠나 내가 고개를 숙이니까 속이 후련한 지 그제
서야 아주머니는 그래도 시무룩한 표정은 여전히 못 털어버린 체
뒤가 조용했다.

"올라가시거든 바로 내려 보내세요. 경비 무서워 학원엘 못 간
다고 해서야 말이 되겠습니까."

내가 아주머니 뒤통수에다 한마디 더 보탰다. 가장 대하기가 힘
든 상대가 어린아이들이라던, 내가 처음 들어오던 날 나에게 일러
준 구씨의 말이 새삼스러웠다. 나이든 사람이 참아야 한다, 나는
또 나를 타일렀다.

행복해 보이지만 고독한 아파트

러브호텔에는 특별한 뭔가가 있다!

어느새 밤 12시가 넘었다. 또 하루가 지났다. 하루를 탈 없이 넘겼을 때 찾아드는 묘한 감정이 일었다. 남은 인생 하루하루를 이렇게 넘기다가 끝내는 것은 아닐까, 무슨 다른 방법은 없을까 하는 생각 때문이다. 하지만 현재로선 천지개벽을 하는 기적이 일어나지 않는 이상 별도리가 없다.

아직 눈 부칠 시간은 일러 매달리는 졸음도 쫓을 겸 기지개를 크게 켜며 경비실을 나왔다. 언제부터 나와 있었는지 2문의 오씨가 계단 아래 의자를 내놓고 다리를 꼬아 로댕의 '생각하는 사나이' 처럼 앉아있고, 그 옆에서 3문의 김씨가 어슬렁대며 이야기를 나누고 있다.

"무슨 이야기들을 그렇게 재미나게 하시우."

내가 옆으로 다가가며 한 마디 건넸다.

"우리 하는 이야기 어디 딴 거 있나. 구름 잡는 이야기지."

김씨가 받았다.

"구름 잡는 이야기라, 세상에 그보다 더 좋은 이야기가 어디 있겠나."

내가 반주를 넣었다. 우리가 모두 같은 동에 있다고 하나 서로가 이정도의 자유로운 분위기 속에서 한담을 나눌 수 있는 기회는 그리 많지 않다. 하루 중에도 이맘때뿐이다.

이야기라고 해봐야 주로 빈정거리고 헐뜯는 게 대부분이다. 대상은 아파트 운영위원도 될 수 있고, 아침 신문에 화제의 인물로 얼굴을 내놓은 그렇고 그런 사람도 될 수도 있다. 누구든 대화의 도마에 올리기만 하면 앙상하게 뼈만 남을 때까지 살을 발라내고 씹는다. 나중에는 사정없이 난도질까지 한다. 그리고는 젓가락으로 찍어 멀리 던져버린다. 못난 사람들의 스트레스 해결 방법의 하나로 보기엔 잔인하기도 하고 몰상식한 면도 있지만 이런 생활을 하다가 보면 어쩔 수가 없다.

또 모였으니까 누구를 잡아 올려도 한 사람을 잡아 상 위에 올려놓을 판인데 손 반장이 찾아왔다. 손에 전등이 들려있는 것으로 봐 순찰 도는 시간인가 보았다. 우리가 각각 자기 방으로 들어가려하자 그만 됐다며 손사래로 막고는 이야기나 좀 하잖다. 반장이 김씨를 향해 물었다.

"참 진작 한 번 물어본다는 게 맑은 정신으로 묻기가 뭣해서 말았는데 한번 시도해보기는 해봤어?"

"뭐 말입니까?"

"이 사람 봐. 이렇다니까, 내가 당신한테 물으면 뭘 묻겠어?"

반장이 순간적으로 정색을 했다.

"……."

김씨가 갑자기 당한 질문이라 그런지 뚱한 표정을 지었다.

"그거 있잖어. 나한테 고쳐달라는 거."

그때서야 생각이 떠오른 모양이다.

"아, 그거. 아직 안 해 봤는데요."

김씨가 계면쩍게 웃으며 받았다.

"저 봐, 내 그럴 줄 알았다니까. 야, 이 친구야. 뜻이 있는 곳에 길이 있다고 했어. 노력을 해야지. 나도 비싼 밥 먹구 배 꺼주기 위해 그런 쓰잘 데 없는 소리하고 다니는 게 아니여."

반장의 말에 역정이 묻어났다. 나는 무슨 내용인지 궁금했지만 그래도 끼어들기가 뭣해 그냥 듣고만 있었다.

"반장님두 참, 무슨 그런 섭섭한 말씀을. 나도 그건 다 알고 있습니다."

"알고 있다는 사람이 그러고 있어."

"빠른 시일 내에 보고할게요. 테이프까지 구해 났다 아닙니까. 요즘 기분 같아서는 성공할 거 같기도 하고 그렇습니다."

테이프라는 말을 듣자 떠오르는 게 있었다. 언젠가 술자리에서 나눈 방사(房事) 이야기를 두고 하는 말임이 분명했다. 아마 이야기 내용으로 봐서 두 사람은 그 뒤에도 그 문제로 한두 번 더 그런 이야기를 나누었던가 보았다.

그때 언뜻 들은 바로는 70까지도 정상적인 성생활을 하는 사람이 수두룩한데 그 나이 가지고 삐거덕하는 건 모양 같잖은 일이라며, 부인과 같이 포르노 테이프를 구해다가 보면 의욕이 생긴다고 부추긴 것으로 알고 있다.

"성공할 거 같아서는 안 되지. 꼭 성공을 해야한다구. 이왕 뱉어 놓은 말, 나한테도 책임이 아주 없는 건 아냐. 나는 또 꿩 꾸어 먹은 소식이기에 안 되는가 해서 제 2단계를 가르쳐줄까 했더니만."

"2단계는 어떻게 하는데요?"

"다 알 건 없어. 1단계가 안 되거든 물어. 나두 다 밑천 들인 거야. 자꾸 묻는 게 아니라구."

"이왕 가르쳐주는 거 마저 가르쳐주시죠 뭐."

김씨가 옹색한 표정을 지으며 졸랐다. 반장이 무슨 소리냐며 툭 쏘고는 105동부터 들러오겠다며 화단 모퉁이를 돌아서더니만 뭔가 미심쩍은 데가 있었던지 다시 돌아섰다. 그리고는 이번엔 의자까지 하나 내오라며 받아서는 딱 붙어 앉았다.

"이거 난 마음이 약해서 큰 일야. 이런 거 맨 입으로 그냥 가르쳐줘서는 약발이 제대로 안 받는다는데……."

"약속했잖아요. 성공만 하면 그냥 안 있는다구."

"좋아. 내가 믿어야지. 1차가 좀 부담스럽거든 바로 2차로 들어가라구. 그런데 2차는 돈이 좀 들어간다."

돈이란 말에 김씨가 주춤했다.

"돈요?"

"돈이라구 해봐야 술 한 잔만 안 먹으면 돼. 당신 러브호텔 알지? 변두리에 나가면 여관 많이 있잖아, 그거 말야."

"그야 알죠."

"아주머니랑 같이 거길 한 번 다녀오라구. 준비 할 건 아무것도 없어. 그냥 둘이 가서 하룻밤 자고 오면 되는 거야."

"……?"

"다른 사람은 어떻게 보는지 모르지만, 나는 러브호텔 저거 일상생활에 꼭 필요하다고 보는 사람이다. 첨엔 나도 그런 거 욕을 많이 했다. 불륜의 온상으로만 생각했단 그 말일세. 물론 그런 것도 아주 없진 않을 거야. 세상에 어느 거 치고 좋은 것만 있는 게 어디 있나. 사용하는 사람들이 좋은 쪽으로 써야지. 안 그래."

"좋은 점이 많다니 이해가 잘 안 되는 데요."

"두 양반이 가서 하루저녁 같이 지내보면 안다니까. 그거뿐야."

"둘이 같이 자는 거야 집에서 자지 뭐 한다구 생돈 들여 거기까지 간다요?"

강씨가 이해가 안 된다는 듯 끼어들었다.

"글쎄, 자꾸 따지질 말고 가보면 안다니까. 당신 같은 경우는 2차로 바로 들어가는 게 훨씬 치료가 빠르겠구만."

"……?"

“사람의 병 치료하는 건 약만이 아니란 걸 알게 될 걸세. 환경의 변화도 약이 된다는 걸 러브호텔이 가르쳐 줄 거야. 내 말 명심하고 꼭 한 번 다녀 오라구. 알았지? 효험 여부는 일단 내가 시킨 걸 한 번 해보구 난 뒤에 얘기하자구.”

“병이라뇨?”

반장의 병이란 이야기가 김씨는 못마땅한 모양이었다.

“그럼 병이잖구. 다른 사람 다 하는데 혼자 못하니까 그게 병 아니구 뭐야.”

“허허허. 할 말 없습니다. 알겠습니다.”

“알았으면 된 거야. 그만 난 가네.”

반장은 멀쩡한 사람을 환자로 만들어놓곤 자기 말은 다 했다는 듯 휑 가버렸다.

“무조건 고맙습니다.”

김씨는 저만큼 가고 있는 반장의 뒤통수에다 대고 말했다. 난데없는 러브호텔은 왜 들먹일까, 반장이 가고난 뒤 나도 같이 생각해 보았지만 진의가 어디에 숨어있는지 좀처럼 캐낼 수가 없다. 한참 뒤에 내가 일부러 반장에게 인터폰으로 한 번 물어보았다.

“아따, 이사람. 정말 머리 안 돌아 간다. 그것 때문에 일부러 전화 한 거요?”

“예.”

“생각이나 해봤어?”

“생각 끝에 묻는 거 아닙니까.”

“생각을 어떻게 했길래 그걸 다 묻나 말야.”

“죄송합니다.”

“그렇다고 다른 여자랑 가라는 거 아니야. 꼭 와이프하고 가야 돼.”

“그건 알고 있습니다.”

“내가 아까 환경 변화라구 했잖어. 사람의 그건 동물의 그거하곤 다르다 말야. 동물은 옆에서 누가 보거나말거나 일 치르는데 지장이 없지만 사람은 다르거든. 기분, 즉 정신적인 요소가 좌우한다 이 말이야. 다시 말해 같은 사람이라도 군복을 입었을 때와 넥타이를 맸을 때와는 다른 사람이 될 수 있다는 거지. 이제 알겠는가?”

“알기는 알겠는데…….”

“분위기를 바꿔 정신적 치료를 해보자 이거요.”

“예. 감이 잡힙니다. 이제 알겠습니다.”

수화기를 놓자 절로 웃음이 나왔다. 이 시간대에, 이 나이에 이런 이야기를 하면서 시간을 보내고 있는 곳이 여기 말고 또 어디에 있을까. 불설(佛說)의 제 1조는 천상천하유아독존(天上天下唯我獨尊)이라고 하지 않는가. 이렇게 사는 거다. 이런 삶이 자기에게 가장 진실 된, 그리고 충실한 삶이리라.

버섯 팔이, 겸업이 되다

5시 50분. 새벽 시간이라곤 하지만 이제 해가 길어져 밖이 환하다. 6시가 우리 경비원들 교대 시간이다. 주변 정리를 대충해 놓고 교대 시마다 한 번씩 하는 승강기 안 바닥에 걸레질을 하고 나오는데 구씨가 벌써 들어선다. 예순 셋이란 나이를 가진 사람답지 않게 시간 하나는 철두철미하다. 자전거로 내왕이 가능한 거리라는 점이 없는 건 아니지만, 그렇더라도 그 나이에 그게 쉽지 않을 텐데 아직 한 번도 사전 통보 없이 지각 출근하는 꼴을 못 본다. 투철한 사명감 때문일까, 아니면 나에게 작은 것이나마 책잡히지 않겠다는 생각에서일까. 사람은 좋은 사람이 분명한데 이럴 때 보면 무서운 사람이란 생각도 설핏 든다.

구씨와 같이 있는 시간이라고는 교대 근무 시 업무를 인수인계하는 5분여 간이 전부다. 그러나 구씨가 어떤 사람이라는 건 말씨와 행동, 경비실 안에 있는 여러 가지 물건들의 정리정돈에서 잘 나타나고 있다. 시간관념은 말할 것도 없다. 빈틈없는 사람, 확실한 사람이다. 대개 그런 사람들이 인간적인 매력은 좀 덜한 편인데 구씨는 그런 점에서도 나보다는 한 수 위다.

"저게 그냥 남아있네요."

구씨가 냉장고 위 파란 비닐봉지 속에 담긴 느타리버섯 꾸러미를 보며 말한다. 경비실에 들어서자마자 그것부터 먼저 파악했던 모양이다. 나도 구씨를 따라 냉장고 위를 본다. 파란 봉지 3개가 가지런히 놓여 있다. 내용물을 싱싱하게 보이기 위해 색 있는 봉지를 썼다고는 하지만 내 눈에는 못마땅해 그런지 우중충하게만 느껴진다. 할 말이 없다.

"……."

내가 말이 없자 다시 구씨가 뒷말을 잇는다.

"아무도 할 사람이 없던가요?"

"……."

"그렇더라도 저게 생물인데 밖에 저래 둬서는 안 된다니까."

말투에 못마땅함이 잔뜩 들어있다.

"구형한테 솔직히 말씀드릴게요. 아무한테도 물어보지 않았습니다."

"……."

이번엔 구씨가 조용하다. 얼굴이 찌뿌드드한 것이 앞으로 당신하고 짝으로 생활하기가 힘들겠다는 표정이 역력하다.

"옹졸한 생각인지는 모르지만 우리가 왜 위원장 버섯까지 팔아

쥐야 합니까. 그리고 자기가 위원장이면 위원장이지 우리한테 그 걸 팔아보라니 그게 말이 되나요. 그것도 한두 번 같으면 모르겠습니다. 벌써 몇 번쨉니까. 이번 달만 해도 두 번쨉니다."

버섯은 어제 오후 관리소장이 갖다놓은 것이다. 위원장이 버섯 농장을 가지고 있는데 그게 요즘 와서 신통찮은 모양이었다. 생산은 그런대로 잘 되는데 판로가 막혀 애를 먹는다는 소문이 돌았다. 그걸 눈치 챈 관리소장이 알고는 팔아주겠다고 팔을 걷고 나선 것이다. 말하자면 자기를 〈남쪽나라〉의 관리소장으로 앉힌 그 은공에 보답하고 앞으로도 좋은 관계를 유지하기 위해서일 것이다. 속속들이 다는 알 수 없지만 우리 경비실 사람들은 대개 그렇게 알고 있다.

어느 조직이든 보스의 힘은 보이게 안 보이게 많은 작용을 한다. 관리소장과 운영위원장의 관계가 어떠하다는 건 세상 사람들이 다 아는 일이다. 우리 경비원들과 관리소장과의 관계도 마찬가지다. 조직체계가 이러하다보니 경비원에 따라서는 관리소장 눈밖에 나지 않으려고 조신할 수밖에 없고, 버섯을 판매하라는 것도 그런 차원에서 형성될 수밖에 없다고 봐야한다. 경비원들이 애써 파는 것도 그 때문이다.

버섯을 갖다놓을 때마다 부담은 갖지 말고 권해보라지만, 부담을 안겨주는데 어떻게 부담이 안 되는가. 실적이 없는 경비원들은 그때마다 자기가 한 봉지씩 가져간다는 것도 공개된 비밀이다. 우리 경비원들은 당뇨와 고혈압은 걱정 안 해도 된다는 말까지 생겼다. 판매 유인물에 적힌 버섯의 효능을 은근슬쩍 비꼰 말이다. 물론 판매의 대상은 아파트 주민들이다. 그저께 오후 각 문마다 다섯 봉지씩 갖다 놓은 것을 구씨가 당일 2개 팔고 3개를 남겨 교대 시 나에게 인계한 것이다.

"나라고 좋은 생각을 가질 턱이 있겠어요. 그렇다고 그 양반이 우리가 자기 밑에 있다고 강압적으로 팔아달라는 것은 아닐 겁니다. 필요한 사람이 있으면 물어봐 달라는 것인데……."

구씨의 이야기는 항상 이렇다. 긍정적으로 좋게 생각한다.

"들어보니까 자기는 딴 데 보다 훨씬 쌀 거라고 합디다만 그렇지도 않던데요 뭘."

내가 들은 소문 그대로를 털어놓았다.

근간에 와서 버섯 때문에 우리가 이런 일을 계속 수용해야 하느냐 이 정도 선에서 보이콧을 해야 하느냐로 말이 좀 있었다. 실은 그래서 나도 손끝 하나 안 대고 그냥 둔 것이다. 2문의 강씨와는 이미 입을 맞추었다. 솔직히 경비원 노릇도 좀 그런데 혹을 하나 더 달아야하니 그런 짜증도 없다. 이런 거절은 빠르면 빠를수록 좋다는 결론을 얻어낸 것이다.

"사람 사는 데는 다 똑 같습니다. 좋게 받아들여야죠."

"그런 건 나도 압니다. 그렇지만……."

"알았습니다. 그만 들어가 보시우. 다른 일은 없죠?"

　더 붙들고 이야기해봐야 좋은 소리가 안 나온다는 것을 알았던 지 구씨가 먼저 나를 편하게 해준다. 구씨의 이야기를 듣고 보니 힘도 한 번 써보지 않고 방치해 둔 것이 미안함으로 안긴다. 괜히 엉뚱한 버섯으로 해서 구씨와 나 사이 틈이 생기지 않을까 싶은 생각도 든다.

　"그만 수고 하십쇼."

　나는 못 이긴 척 나와 버렸다. 무슨 일이 있더라도 구씨를 욕하고 싶은 생각은 없다. 이순(耳順)을 몸으로 실천하고 있는 사람인데 그만한 사람을 짝으로 만난다는 것도 쉬운 일은 아니다. 구씨가 받아 놓았다고 해서 구씨 혼자 일이 아닌 것이다. 그럼에도 구씨는 더 이상 그 일을 문제 삼지 않았다. 그게 보통 사람들로서는, 더군다나 이런 관계로 만난 사람들끼리는 쉬운 일이 아니다. 내일이라도 안 나오면 그날로 남남인 이런 조직에서 저런 사람을 만난다는 건 같이 있는 사람들로선 행운이다. 모두 나같이 삐죽대는 사람들만 모였다고 해보자. 그 조직이 어떻게 되겠는가? 답은 너무 쉽게 나온다.

　새삼스레 이곳에 처음 왔을 때 관리소장의 말이 떠오른다. 사람 보는 눈이란 어슷비슷한 지 그 양반도 구씨를 잘 보고 있음이 분명했다. 더도 덜도 말고 같이 있는 구씨만큼만 해달라는 주문이 그것이 아니겠는가. 내 편한 쪽으로 둘러대고 빠져나오긴 했지만 나는 오늘 구씨에게 또 하나를 배운 셈이다.

도루묵 박사

밤 12시 20분. 들어올 사람들은 어지간히 들어왔을 시각이다. 열어 둔 현관문을 닫으며 하루를 마감하는 신변 정리를 하고 있는데, 모범운전수 제복 차림의 한 남자가 경비실 밖에서 기웃거리는 게 보였다. 말은 없었지만 행동으로 봐 내게 용무가 있는 사람임이 분명했다. 창을 열었다. 내가 내다보기를 기다렸다는 듯 저쪽 말이 건너왔다.

"저, 말씀 좀 묻겠심더. 한 20분은 됐지 싶은데요, 이쪽 문으로 들어간 사람 하날 좀 찾을 수가 없겠능가 해서 그랍니다."

"……?"

20분쯤 전에 누가 들어갔을까. 기억을 더듬었다. 아직 사람들이 내왕하는 시간이니 누군가 올라가긴 갔을 것이다. 그러나 떠오르는 특정한 얼굴이 없었다. 그건 예사로 보아 넘기기 때문이다. 여기에서 예사로 본다는 건 우리 골목 사람이라는 사실을 전제로 했을 경우를 말한다. 이 골목에 사는 사람만 확실하면 그가 누구 이건, 무엇을 하건 그건 별로 중요하지도 않을 뿐더러 우리가 신경 쓸 사항은 더군다나 아니다.

"그런데, 왜 그러시는데요?"

"택시를 요 앞에다 세워놓고는 요금 가지고 나온다카믄서 들어간 사람이 꿩 꾸어먹은 소식이라 하는 얘깁니다."

"얼마나 됐는데요?"

"한 20분 됐다고 그라이까요."

"20분이라……."

"금세 갔다 온다카고는 간 사람이 먹통이니, 원."

"기다리는 김에 더 기다려보시죠."

더 생각하기가 귀찮았다.

"아이, 20분도 더 기다렸다 카이요. 기어 오르내리도 열 번은 더 왔다 갔다 했을 기구마. 이제 가마이 생각해보이까 행투가 좀 있는 사람 같기도 하고."

이윽고 말투에서 짜증이 묻어나왔다.

그때서야 떠오르는 사람이 하나 있었다. 1202호, 호주에 유학 갔다 온 사람이다. 그 사람이 조금 전에 몸을 잔뜩 웅크리고 뒤뚱거리며 들어갔었다. 취기가 분명했다.

"술이 취했던가요?"

"참. 그 말을 빠트렸구마. 취하고 말고요. 차안에다 토해 놔가지고 시트를 다 버려놨다 아입니꺼. 냄새가 등천을 해 안에 들어갈

수도 없다이까요. 지체한 시간 요금에다가 세탁비꺼정 다 처 줄라
카고는 돈 가지러 간다고 들어갔는데……."

"알겠습니다. 1202호 사람 같은데 한 번 알아보겠습니다."

나는 그 사람이 그래도 박산데 이상하다, 혼자 중얼거리며 인터
폰 번호를 찾았다.

"머라꼬요? 박사라 했습니꺼?"

웅얼거린 혼잣말을 주워듣고는 저쪽이 둥그런 눈으로 물었다.

"예."

"그라믄 그 양반이 교수란 말입니꺼?"

"아직 교수는 아니고 박사니까 곧 교수 될 사람이지요."

"시상에 무슨 박사가 그런 박사가 다 있대요. 박사 아이라 박사
할애비라도 그런 처신 해가지고는 사람대접 못 받심더."

"유학 가서 따온 박산데."

"속에는 머가 들어가 있는지 모르지만 우리 같은 사람이 볼
땐…… 됐심더. 1202호라 캤지요. 내가 바로 올라가 보지예."

기사는 오늘 하루 농사 완전히 조져 났구마, 어쩌고 하며 그만
안으로 쑥 들어가 버렸다. 이 밤중에 그러면 곤란하다고 말렸지만
막무가내로 밀어붙이며 올라갔다. 나 같은 사람 둘이 붙어도 못
당할 완력이었다.

이거 큰일 났다. 나는 얼른 인터폰을 통해 그 사실을 1202호에
다 전했다. 자다가 받은 전화인지 저쪽 전화 받는 사람도 허둥지

둥 댔다. 뭐라고 몇 마디 나누지도 않았는데 찾아간 사람이 들이 닥쳤던지 전화가 끊겼다.

경비로서 가장 어려운 일이 바로 이럴 때의 행동반경이다. 우리 경비원들의 참견 범위가 어디까지이며, 어떤 방법으로 참견하느냐 하는 것도 미지수다. 무조건 정의의 편에 서는 것도 정답은 아니다. 주민들이 내는 관리비에서 봉급을 받고 있는데 팔짱 접고 구경만 한다는 것도 모양이 좋지 않다. 이래도 욕, 저래도 욕을 얻어먹을 판이다.

오늘밤도 조용히 보내기에는 다 틀렸구나, 노심초사하며 있는데 택시기사가 헐레벌떡 숨을 몰아쉬며 내려왔다. 표정이 형편없이 일그러져 있었다.

"씨팔, 이자 보다가 보다가 또 희안한 놈 다 보겠구마. 시상에 그런 똥배짱 가진 놈이 어디 있나 말여."

"그 집이 맞긴 맞던가요?"

걱정이 안 될 수가 없다.

"아 그런데, 그 새 한 밤중이잖아. 곧 내려온다 카고는 메타도 꺽지말라 캐노코 올라간 인간이 식구들한테는 말 한 마디 없이 자빠저 자고 있으이, 시상에 그게 어디 사람으 새끼여."

기사는 양 볼이 퉁퉁 부어올랐다. 여차하면 팍 물 기세였다.

"술이 많이 취했던 모양이죠."

팔이 안으로 굽는다고 했던가, 경우로 봐서야 같이 운전수 편을 들고 싶지만 그게 어디 쉬운 일인가 말이다.

"취한 척 하는 거지, 들어갈 때는 말짱했다구요. 무식하면 생판 무식해서나 그렇다고나 하지, 이건 그거도 이이고."

"……."

나는 입을 닫았다. 아무래도 분위기 돌아가는 것 보니 내가 끼어들 자리는 아닌 듯 했다.

"그 친구 박사라 캤습니꺼? 참, 그 집에도 박사 하나 잘 맹글어 놨구만. 무슨 놈으 그런 박사가 다 있나. 길가에 자빠진 개도 그런 박사는 하겠다."

택시기사는 계속 시위였다. 박사를 자꾸 들먹거려 나도 가슴이 조마조마했다. 나중에라도 1202호에서 그걸 물고 늘어진다면 나도 할 말이 없다. 괜히 박사를 끄집어냈다 싶다.

곧 1202호에서 영감이 내려왔다. 덩치가 있고 영감 행세를 해서 그렇지, 우리 나이와 비슷하지 싶은 사람인데 평소에도 아주 영감 티를 많이 내는 사람이다. 그 청년, 박사의 아버지다. 파자마 위에 걸쳐진 잠바 차림이 자다가 벼락을 맞고 허겁지겁 나온 것이 분명했다. 무슨 소릴 들었는지 영감 얼굴도 시퍼렇게 독이 묻어있다.

"기사양반. 차 어디 있수?"

"저깁니다. 절로 가입시다. 아파트 입구로……."

"술 마신 사람이 그럴 수도 있는 거지. 그런데 조용히 해결 봐도 될 일을 그렇게 고함을 치고 야단이야. 더군다나 이 야밤에."

"그래, 입장을 바까 한번 생각해 보이소. 그런 소리가 안 나오기 생겼는강. 시상에 이런 경우가 어데 있나 말입니더."

"그만 됐으니까 더 다른 소리는 하지 말아요. 모든 배상은 당신이 해달라는 대로 내가 다 해 준다고 했잖수. 그럼 된 거 아니오. 가 봅시다."

영감의 융숭한 말에 그만 기사의 펄펄 끓든 기세가 거짓말 같이 쑥 들어갔다. 그런 것 보면 돈이 좋긴 좋았다.

평소에도 박사 아들에 대한 영감의 정성은 극진했다. 나이야 좀 들었지만 아직 혼인도 안한 자식에게 아버지란 사람이 평소에도 우리 김 박사, 김 박사 하고 부르는 게 듣기가 거북하더니 기어이 오늘 일을 하나 만드는구나 싶다.

아직 나는 영감 아들이 박사라는 것만 알았지 무슨 박사인지 잘 모른다. 그리고 박사라는 사람이 사시장철 집에 틀어박혀 빈둥빈둥 놀고먹는 것도 나로서는 이해할 수가 없다. 그러나 구씨는 그 사람을 다르게 보고 있는 듯 했다. 말하자면 그 청년을 대단한 사람으로 보고 있는 것이다.

"그 양반 미생물을 연구해서 학위를 받았나보더라. 지난여름에 동해바다를 휩쓴 적조현상 있잖어. 그걸 예방할 수 있는 방법을 저 양반이 연구해 냈대. 신문에도 한 번 크게 났는 걸 내가 봤었다구. 다만 아직은 경제성이 없어서 빛을 못보고 있는 모양인데 그것만 해결되면 국가적으로도 큰 보탬이 되나 봐. 그러니까 시간 문제만 남은 거지."

구씨는 그 사람의 사람 됨됨과 공과는 별개로 보는 듯 했다. 아무리 겉하고 속하고는 다르다지만 사람 보는 눈은 비슷한데 내 눈에는 이상하게도 다르게 비쳤다. 세상이 그런 세상이라 저러다가 박사가 박사 노릇을 못하고 아닌 말로 도루묵이 되고 마는 게 아닐까 싶은 생각이 들어서다. 문득 무학대사와 태조 이성계가 수창궁에서 주고받았던 농담이 생각났다

우리 누가 농담을 잘하는지 내기를 한번 해봅시다.

대왕께서 먼저 하시죠.

내가보니 스님은 돼지같이 생겼소.

제가 보니 대왕께서는 부처님같이 생기셨습니다.

우리가 농을 하자고 했는데 무슨 말씀이 그러시오.

아닙니다. 저도 농을 한 것입니다. 돼지의 눈에는 모두 돼지로 보이고, 부처님 눈에는 모두 부처로 보이기에 하는 얘깁니다.

두 사람은 그만 파안대소를 했던 그 전래의 이야기. 아무래도 내가 구씨보다는 정서적으로 불안하거나 시류에 영합을 못하고 있음이 분명했다.

영감은 기사를 따라 택시가 있다는 쪽으로 허둥지둥 가더니만

이내 돌아왔다. 나도 좀 떨어진 거리에서 자초지종을 지켜봤는데, 큰소리 하나 없이 몇 마디 대화로 끝을 보는 것 같았다. 여차하면 팍 물 것 같은 택시 운전수가 돌아서면서 허리를 잔뜩 굽혀 인사까지 건네는 걸 보면 합당한 보상을 받은 듯 했다. 돈으로 모든 걸 해결 본 것 같다.

나는 큰 소리라도 나면 어쩌나, 더군다나 상황을 뻔히 알면서 그런 사람을 왜 올려 보내 이 밤중에 소란을 피우게 했느냐고 따져들면 어떻게 대처해야 할까 걱정이 태산 같았는데 다행이 그런 일은 없었다. 평소 영감 성격으로 봐서 충분히 트집을 잡을 법도 한데 오늘 저녁엔 이상하게 조용했다. 자기네들 과오가 너무 커서일까.

"용이 개천에 쉬고 있으니까 지나가던 거렁뱅이가 오줌을 갈기고 간다더니만 턱도 없는 놈이 와서 떠들고 지랄들이야. 젊은이가 술 한 잔 먹었기로서니 그게 무슨 큰 허물이라고."

영감은 괜시리 경비실 앞에 와서 큰소리를 치며 옷을 툴툴 털었다.

"박사께서 오늘 좋은 일이 있었던가 봐요."

내가 의무처럼 적당히 표나지 않게 아첨을 했다. 나에게 불이 옮아 붙지 않아 다행이라는 안도의 표현이다.

"허허허."

웃을 일도 아니지 싶은데 영감은 계단이 울리도록 큰 웃음을 쏟아 놓고 올라갔다.

중국에서는 망자성룡(望子成龍)이라 해서 모든 부모들은 자식이 용으로 크도록 뒤를 밀어주고, 또한 자식을 소황제라 일컬을 만큼 자식 사랑에 정성을 쏟는다고 한다. 그런데 그게 중국 이야기만은 아닌 모양이다.

자장면 계 모임

오늘 점심은 무엇으로 해결할까, 먹을까 말까, 12시가 다 돼가는 것을 보고 이런저런 궁리를 하고 있는데, 중국집 배달원이 철가방을 들고 자장면 한 그릇을 던지듯 들이밀고는 쑥 들어갔다.

"야, 이거, 웬 거여? 난 시키지도 않았는데."

"그냥 드시면 돼요."

배달원은 그 말 한 마디를 흘려놓고 승강기 안으로 들어가 버렸다. 그러나 선뜻 그럴 수가 없다. 배달하는 아이가 얼마든지 오배달할 수도 있는 일이기에 말이다. 이상한 일이다. 어디에도 내가 공으로 얻어먹을 일은 없는데 웬일일까, 쭈뼛거리고 있는데 올라갔던 배달원이 나왔다.

"어이, 이거……."

"그냥 드시라니까요. 드시면 돼요."

뭐가 그리 바쁜지 그 말 한 마디뿐이다.

"그래도 알고나 먹어야 할 거 아냐?"

"어허, 참 바빠 죽겠는데. 9층에 아줌마들 계 하거든요. 점심시
키면서 한 그릇 더 가져와 아저씨한테도 하나 주고 오래요. 그래
서 그런 거라고요."

계단을 내려가면서 시작한 대답이 오토바이 시동을 걸고서야
끝이 났다. 세상에 이렇게 점심을 얻어먹는 수도 있구나, 어쨌거
나 나로서는 잘 된 일이고 고마운 일이다. 아까부터 걱정해오던
오늘 한 끼 민생고를 가볍게 해결한 셈이다.

경비실에 근무해 보니 때마다 끼니 해결하기가 가장 힘들었다.
이제는 그것도 이력이라 그냥저냥 지내고는 있지만 처음 한동안
은 무척 고생했다. 대다수의 경비원들은 경비실에서 밥을 해서 먹
었다. 전기밥솥을 이용하는 사람도 있고 냄비를 쓰는 이도 있다.
라면으로 때우거나 자장면을 시켜 먹기도 하지만, 하루 이틀도 아
니고 제대로 밥을 먹어야 힘쓰기가 낫다며 대부분 시간이 걸리고
귀찮더라도 밥을 지어먹었다. 말하자면 모두가 먹고 살려고 하는
일인데 밥이나마 따뜻하게 먹어야 하지 않겠냐는 이론이다.

충분히 이해가 갔다. 나는 처음 한동안 자장면 같은 것을 시켜
먹었다. 경비원 가운데는 아예 도시락으로 점심 · 저녁까지 싸오
는 사람들이 있어 그렇게도 해보았고, 또 더러는 거르기도 했다.
하지만 어느 것도 이것이다 싶게 시원한 구석은 없었다. 결국은
나도 대중적인 방법을 따르는 수밖에 없었다. 그래서 자주 밑반찬
만 준비해서 끼니때마다 밥을 지어먹곤 했다. 처음 한동안은 물

맞추기도 어려워 태우기도 하고 선 밥도 짓곤 했는데 이제 그런 일은 잘 없다.

여기에는 주민들이 그만큼 눈감아준 덕도 있다고 봐야한다. 내가 아는 주변 아파트만 해도 TV도 못 보게 하고, 밥을 짓는다는 건 언감생심 아예 생각도 할 수가 없다. 그런 잡다한 일에 빠지다 보면 자연적으로 본래의 업무인 경비에 소홀해지기 쉽다는 것이 그 이유다. 그런 점에서 우리는 큰 덕을 보고 있는 셈이다. 그만큼 이곳 주민들 민심 하나는 후한 편이다.

그러나 지금도 끼니때가 다가오면 안 먹고 사는 방법은 없을까 싶은 생각도 드는 것이 짐으로 안기는 건 어쩔 수가 없다. 어쨌거나 오늘 한 끼는 힘 안들이고 쉽게 해결할 수가 있어 좋았다.

이날 저물녘이었다. 9층의 아주머니가 바람 쐬러 나왔는지 아이를 데리고 내려왔다. 그렇지 않아도 점심 얻어먹은 것을 누구에게 인사를 하나 생각하던 참이라 말을 건넸다.

“참, 아주머니. 오늘 점심 잘 먹었습니다.”

“네?”

아주머니가 움찔했다. 못 들었는지 잘 모르는지 생경한 표정이었다.

“오늘 낮에 점심 말입니다. 주신 자장면 잘 먹었단 말입니다.”

“아, 네. 난 또 뭐라구요.”

인사 듣기가 쑥스러운 모양이었다.

“오늘 집에서 계모임이 있었던 모양이죠.”

“네. ‘자장면 계’라고 해서 한 달에 한 번씩 몇이 모이는 게 있습니다.”

그때서야 구씨에게 들은 이야기가 생각났다. 골목 사람들 가운데 30대 초반 아줌마들이 5, 6명 있는데 그네들끼리 매월 한 번씩 모여 점심을 자장면으로 때우면서 남편들 흉도 보고, 수다도 떨고 해서 고단한 생활에서 쌓인 스트레스를 푼다는 것이었다. 그때마다 우리 경비들도 자장면 한 그릇을 얻어먹는다면서 벌써 여러 번 얻어먹었다는 이야기를 들었는데 바로 오늘이 그날인 모양이었다. 이제 생각해보니 그 동안 내가 근무한 날에는 계로 모인 일이 한 번도 없었다가 오늘 처음으로 날이 맞아떨어진 것 같았다.

“자장면 계라고 했습니까? 참 이름이 재미있구만요.”

내가 궁금해서 한 번 더 물었다. 계라면 무엇보다 돈 같은 것에서 자유로울 수 없는 것이 일반적인 모습인데 그런 것과는 무관한가 해서 한 번 더 이야기 삼아 건네 본 것이었다.

“네. 그냥 돌아가면서 점심이나 한 끼씩 사서 같이 먹는 거지요. 그런 일도 없다면 한자리 모일 일도 잘 없잖아요. 또 음식 가운데 젤로 싸거든요. 부담도 없고.”

“그거 참 좋네요.”

새삼스레 참 재미있는 모임이란 생각이 들었다. 모두가 벽 하나를 사이에 두고 사는 사람들이라지만 그런 관계라도 만들지 않으면 서로가 남남으로 지내는 것이 아파트 생활이 아닌가.

어렸을 때 내가 살았던 마을 앞 공동 우물이 생각났다. 아침저녁으로 집에 샘이 없는 주부들은 그곳에 다 모였다. 빨래 같은 것은 그곳에서 할 수 없지만 푸성귀 같은 채소들은 한가한 틈을 이용해서 얼마든지 씻을 수 있기 때문에 끼니때만 되면 어머니를 비롯한 동네 아주머니들로 시장판을 이루었다. 그렇다보니 이야기가 없을 수가 없었다. 누구네 집에는 술이 익었고, 아무개네 집에는 다음 달에 돼지가 새끼를 낳고, 또 누구네 집에는 중신애비가 다녀갔다는 둥 그곳에만 나오면 최근 동네 소문은 다 들을 수가 있었다. 아줌마들이 한다는 자장면 계가 마치 현대판 공동 우물 역할을 하는듯한 느낌을 받았다.

자장면을 보자 어렸을 때 일이 또 하나 생각났다. 자장면 한 그릇 먹어보는 게 소원이던 때가 있었다. 그러던 어느 날 나는 꿈에도 그리던 자장면 한 그릇을 먹게 되었고, 그날 나는 자장면을 먹었다는 사실을 동네 친구들에게 자랑하기 위해 종일 까만 자장을 입술 주변에 묻혀가지고 다녔다.

그런 것 보면 자장면은 예나 지금이나 그 인기가 여전한 모양이다. 어쨌건 우리 세대에게 자장면은 향수가 담긴 음식이다. 오늘 자장면으로 계를 만든 젊은 아주머니들도 세월이 흘러 나중에 내 나이쯤 되면, 내가 자장면을 묻혀가지고 다니던 그런 추억으로 간직하고 있지 않을까 싶다.

피천덕은 수필 〈피가지변(皮可之辯)〉에서 "성은 피가라도 옥관자(玉冠子) 맛에 산다."고 했는데 그래서 그런지 자장면 뒷맛이 수라상 물린 뒤의 기분이었다.

1902호 아줌마

화장실에 다녀왔더니 책상 모퉁이에 사과 봉지가 하나 놓여 있었다. 예닐곱 개는 들어있을까, 포장도 제대로 하지 않은 채 비닐 봉지에 담겨있는 것으로 봐 누군가가 사가지고 들어가다가 잠깐 맡겨놓고 간 듯싶었다.

나는 읽다가 둔 고전 전집을 다시 펴들었다. 《토끼전》이 이렇게 재미있을 줄은 미처 몰랐다. 아직 제대로 읽어본 일은 없으나 고등학교 때 몇 번 들어 줄거리는 대충 알고 있는데 그것과는 딴판으로 재미가 있었다.

자라의 감언이설에 꾀어 바다 속 용궁으로 따라 들어간 토끼가 혼쭐이 난다. 자기 간이 바다 용왕의 약으로 쓰인다니 세상에 이런 혼비백산할 일이 있는가. 꼼짝없이 죽는 일밖에 남지 않았다. 그러나 토끼는 간을 육지에 두고 왔다고는, 살려만 준다면 그 은혜 백골난망으로 돌아가서 가져오겠노라 손이 발이 되도록 빌어 겨우 목숨만은 건진다. 내가 아는 토끼전은 이 정도가 전부였다.

그런데 여기에서 기상천외한 상황이 전개됐다.

토끼의 언변이 얼마나 뛰어났던지 용왕이 토끼의 말을 곧이곧 대로 믿고는 이왕 여기까지 한 걸음, 며칠 푹 쉬었다 가라며 토끼에게 성대한 향연을 베풀어 준다. 앞날을 위해 칙사 대접을 한 것이다. 밤늦게 숙소로 돌아온 토끼는 융숭한 대우도 좋았지만 자라에게 당한 분함 때문에 잠을 이루지 못한다. 생각하면 할수록 억장이 무너질 판이다. 어떻게 하면 자라에게 후련한 복수를 할 수 있을까, 요모조모 궁리 끝에 마침내 묘안을 찾아낸다.

토끼는 바로 자라를 좀 만나자고 불러 내어 "내가 용왕을 독대하게 되는데 그 자리에서 이런 것을 말하고 싶다. 용왕의 병에는 토끼 간보다 자라탕 이상 가는 약재가 없다. 그런데 안타깝게도 용왕이 그런 신약을 모르고 있으니 이런 안타까운 일이 있느냐"고 말한다. 그 말이 떨어지는 순간 자라는 그만 사색이 되어 어쩔 줄을 모른다. 죽을죄를 지었다고는 그 자리에 꿇어앉아 제발 그 이야기만 말아달라고 토끼에게 싹싹 빈다. 그때서야 토끼는 잔뜩 거드름을 피우면서 "오늘 보니까 네 여편네가 아주 절색이더구나. 어떻게 나에게 수청을 들게 할 수 없느냐"고 은근히 자라의 마음을 떠본다. 자라는 목숨만 살려주신다면 무슨 일인들 못 하겠느냐며 일언지하에 승낙을 한다. 토끼는 사흘 밤낮을 자라의 부인과 꿈같은 생활을 보내고 바다 속을 빠져 나온다.

지금 읽고 있는 토끼전의 내용은 그런 식으로 전개되어 있었다.

나는 마치 포르노 비디오를 보는듯한 기분으로 읽어야 했다. 고전
가운데 춘향전 다음으로 이본이 많다는 걸 서문에 밝혀 놓았지만
그렇더라도 그렇게까지 변질되어 있을 줄은 몰랐다. 필사로 전해
진 것들이라 옮기는 이마다 자기 생각을 보탰을 테니 그렇게 될
수밖에 없을 법도 하다.

　여기에 있을 동안 틈나는 대로 책이나 좀 읽어둬야겠다며 요즘
이것, 저것 신나게 읽고 있는 중이었다. 경비실 창고 안에는 전집
으로 된 고전 말고도 제법 많은 책들이 들어앉아 있다. 아파트 사
람들이 폐품으로 내놓은 것을 폐휴지로 버리기엔 아깝고 해서 챙
겨다 둔 것들이었다. 구씨는 시간 나는 대로 한 번씩 읽어보겠다
는 욕심에서 모아둔 것이지만 그것 볼 시간도 잘 나지 않을뿐더
러, 난다고 해도 그런 것들을 들고 앉았기가 그렇다면서 지금까지
읽은 건 거의 없다고 했다.

　창고 안에는 책자 외에도 조금만 손보면 쓸 수 있는 고만고만한
가전제품들도 약간 있었다. 우리 경비실에 비치되어 있는 냉장고,
라디오, TV, 벽시계, 책걸상, 심지어는 쓰고 있는 전기밥솥까지
모두 그렇게 마련한 것들이었다.

　토끼전을 다 읽고서야 책을 덮었다. 이상하게도 사과 봉지 주인
이 나타날만한 시간이 되었는데도 감감 소식이었다. 혹 잊어버리
고 그냥 둔 건 아닐까, 그런 생각도 하면서 책상 위에 있는 봉지를
냉장고 위로 옮겨놓았다. 그런데 무심코 들여다본 봉지 안에 광고

지에서 찢어낸 듯한 쪽지 하나가 보였다. 뭣인가 해서 꺼내봤다.

〈아저씨, 맛있게 드세요. 1902호〉

엉거주춤한 볼펜 글씨로 그렇게 쓰여 있었다. 읽고 또 읽었다. 이게 무슨 말인가. 그러나 그런 게 있는가 보다고는 처음엔 예사로 생각했다. 내가 사과 봉지를 나와 연관시켜 생각해본 건 그러고도 한참 뒤의 일이었다.

1902호 아주머니가 이상하게도 자꾸만 마음에 걸렸다. 지난 번 언젠가 절간에 갔다 오는 길이라며 두부 모양으로 생긴 백설기 떡을 슬쩍 밀어두고 간 일도 포개져 생각났다. 나는 새삼스레 쪽지를 한 번 더 꺼내 읽어봤다. 그러고는 인터폰을 들었다.

"아주머니, 이거 안 가지고 가세요? 너무 오래 두면 보관료 받습니다."

그럴듯한 농까지 섞어 쪽지의 내용을 확인했다.

"아자씨, 그거 아자씨 드시라고 두고 온 거예요."

이 여자의 '아자씨' 소리에는 작위든 아니든 코맹맹이 소리가 들어 있다. 그 소리를 들을 때마다 나는 혼자만이 느끼는 묘한 감흥을 받았다.

"아 그래요. 잘 먹기는 하겠습니다만 번번이 신세를……."

"아자씨두 참, 그게 무슨 신세예요."

"어쨌건 주시는 거니까 잘 먹겠습니다. 고마워요."

바로 사과를 하나 깎았다. 손은 사과를 열심히 깎고 있지만 마음은 콩밭을 헤맸다. 여자는 나에게 필요 이상의 관심을 가지고 접근을 시도해보는 것이 분명했다. 얼마 전에 멀쩡한 보일러를 고장 났다며 집으로 불러들인 것만 해도 그렇다. 정상적으로는 언감생심 생각할 수도 없는 일이었다.

사실 나는 그 일이 있고난 뒤로 아직 누구에게도 표를 낸 일은 없지만 혼자 조금 벙어리 냉가슴을 앓았고 약간의 불안함도 같이 안고 있었다. 뿐만 아니라 만에 하나 남이 눈치 챘다면 소문이 날 건 뻔한 일이고, 소문이란 항상 건너뛸 때마다 보태지기 마련이었다. 그렇게 되면 사람 꼴도 우습게 될 것 같아 나름대로는 신경을 쓰고 있는 참이었다. 그런데 그 사실이 그렇게 싫지 만은 않은 것은 왠지 모르겠다.

도대체 저 여자의 본심은 무엇일까. 이미 나는 한 물 간 사람이다. 자신은 물론 세상 사람들이 그렇게 보고 있는데 그런 사람에게 왜 관심을 가질까. 거기에다 경비원이 아닌가.

젖꼭지까지 다 드러낸 그날 저녁 잠옷 차림의 여자가 또 눈앞을 막아 자꾸만 시야를 흐렸다. 그러나 또 어찌 생각해보면 그 여자는 딴 생각을 하고 있는데 나 혼자만이 과잉 반응을 나타낸 감정의 낭비인지도 알 수가 없다.

깎아낸 사과 껍질이 이어지질 않고 자꾸만 조각이 나 바닥에 떨어졌다.

경비실이 흡연실?

화장실에 갔다가 오는 길인지 3문의 김씨가 우리 문 앞을 지나갔다. 그런데 바른쪽 손에 붕대가 감겨있다. 오전에는 멀쩡했던 손이었다.

내가 얼른 창을 열곤 김씨를 세웠다.

"손이 왜 그래요?"

"어쩌다가 그래 됐구만."

손을 들어 보이며 씩 웃는다.

"그래 되다니, 다친 거요?"

"……."

그렇다며 고개를 끄덕인다.

"언제, 어쩌다가?"

"아까 그랬어. 묻지도 말어. 재수가 없어 그렇지 뭐."

대수롭잖게 받아 넘기려하는 것 같아 내가 호기심이 발동해 밖으로 나오며 파고 물었다.

“재수가 없다니, 일 하다가 그런 거요?”

오전에 괜찮던 손이 저렇다면 일하다가 다친 게 분명했다.

“생각하면 그만 부아가 나서……. 어떤 놈이 박스 속에 깨진 유리병을 숨겨 놨잖어.”

생각하니까 속이 상하는지 손을 내려다보는 얼굴이 일그러졌다. 종이 박스 속에 신문지를 가득 담아 내놓았기에 속에는 모두 종이만 들어있는 줄 알고 꺼내려 손을 넣었다가 깨어진 병 조각에 찔려 다섯 바늘이나 꿰맸다고 했다.

버리는 물건들은 보통 병, 깡통, 종이, 프라스틱 이렇게 구분해서 내놓는다. 그런데 어느 집에선가 종량제 쓰레기봉투에다 넣어 버릴 깨진 술병을 신문지 바닥에 감춰 내놓았다. 그걸 모르고 들었다가 변을 당한 것이었다.

“저런 장갑을 안 꼈구나.”

같이 근무하는 구씨가 내게 한결같이 당부하는 것이 그것이었다. 무슨 일이 있더라도 쓰레기를 만질 땐 꼭 면장갑에다 그 위에 고무장갑을 끼고 하라고 주문을 했는데, 그 말을 한 번 더 듣는 듯한 느낌을 받았다.

종이 속에는 이름이 종이지 깨진 유리, 오물, 개똥, 음식쓰레기, 여자들 개짐, 심지어는 죽은 강아지까지 들어있어 당황할 때가 참 많다.

“다, 내 잘못이지. 뭐.”

"웬 고참이 그런 실수를 다 하지."

꼭 찍어 나무랄 사람도 없고 해서 웃음으로 핀잔을 줬다.

"누가 눈알이 빠져도 그만하면 다행이라 하더니 이만해도 다행이지 뭐. 엊저녁 꿈자리가 시끄럽더니만 액땜한 거라고 봐야지."

김씨가 마지못한 듯 씁쓰레한 웃음을 흘려놓고는 갔다. 저런 경우 어쨌거나 업무 중 입은 부상인데 치료비는 어떻게 하는지 모르겠다고 생각하며 떫은 생각을 못 털어 버리고 경비실로 들어서는데, 마치 시간이나 맞춘 듯 1401호 장 선생이 뒤따라 들어왔다. 요새 와서 장 선생의 경비실 출입이 잦다. 들어서자마자 그는 숨겨 가지고 온 담배를 꺼내 불을 붙여서는 길게, 아주 시원하게 연기를 내뿜었다. 마치 담배 때문에 들어왔다는 듯이.

사람치고는 희한한 사람이다. 저런 사람이 어떻게 교직자가 되었을까, 벌써 몇 번째 한 생각을 또 해본다. 내가 담배를 안 피운다는 걸 자기도 뻔히 알고 있다. 집에서 자기 가족들이 담배를 싫어힌다면 내 입장도 한 번쯤 돌아볼 수 있을 터이다. 그런데 그걸 잘 모른다.

나는 그걸 두 가지로 생각해 보았다. 하나는 나도 담배를 피우다가 끊은 사람이니까 이 정도는 이해해 주리라는 것이고, 다른 하나는 우리 경비실인데 내가 무슨 짓을 하든 너 따위 경비원이 무슨 참견을 하겠느냐는 것이다. 그런데 내가 기분이 덜 좋은 건 후자 쪽에 더 비중이 실린 듯한 저쪽의 경망한 태도 때문이다. 전

자에 해당된다면 최소한 나에게 한 번쯤 양해는 구해야 일이 옳
다. 더군다나 그쪽은 대상이 누구이거나 가르치는 입장에 있는 사
람이 아닌가. 어디가 달라도 달라야 할 위치에 있다. 지금 저 양반
하는 행동을 보면 경비실을 자기네 흡연실쯤으로 생각하고 있는
것이다.

언젠가 공중전화 부스 안에 버린 쓰레기봉투 문제로 조그만 마
찰이 한 번 있고 난 뒤부터 나와는 얼떨결에 친해져 버렸고 그것
을 계기로 이곳을 나들기 시작한 사람이다. 그전엔 그냥 눈인사만
나눌 뿐 경비원과 주민으로 지냈었다.

"아따, 요새 집에서는 담배를 못 피우겠더구만요. 어떻게나 바
가지를 긁어대는지."

이말 한마디를 던져놓고는 그때부터 이곳 경비실을 자기 흡연
실로 만들었다. 그런데 한 번씩 이야기하는 것 보면 또 사람을 웃
겼다.

"담배 안 피운다고 오래 산다는 거 말짱 거짓말입디다. 피운 사
람도 오래만 살던데요."

자신의 끽연을 합리화시키려고 들었다. 내가 듣기엔 농투성이
같으면 모르겠는데 그것도 말이 안 됐다.

"사는 동안 건강하게 산다는 거겠지요."

"그런 거는 약간 있겠지요. 그러나 스트레스를 받는 것도 한 번
생각해봐야 할 거 아니겠어요. 오히려 해롭기로 본다면 난 스트레

스 받는 게 더 위험 천만으로 보는데.”

“글쎄요.”

“친구 가운데 의사가 하나 있는데 이 사람은 골쵭니다. 의사라면 누구보다 그걸 잘 알 거 아녜요. 그런데 그런 모순이 어디 있습니까. 그런 거 보면 담배가 무조건 나쁘다고만 할 수 없는 거 아니겠어요?”

그 말이 내게는 이렇게 들렸다. 사정이 이러니까 내가 여기 와서 담배를 피우더라도 당신은 크게 기분 나쁘게 생각할 필요는 없다고, 그러니 피해의식도 가질 필요가 없다는 뜻으로 말이다.

“……”

나로선 할 말이 없다. 그렇지 않아도 열세인데 그렇게 자꾸 합리화를 시켜 넘어가니 말이다. 내가 여기 경비실에 들어오던 날 게시판에 붙은, 아무렇게나 버린 꽁초 때문에 101동 주민으로부터 저주의 대상으로 지목된 사람이 바로 저 양반이란 걸 안 건 그전의 일이지만 충분히 그럴만한 사람이었다. 이런 사람을 내가 어떻게 이기겠는가. 나는 다른 좋은 방법이 없을까, 찾다가 슬그머니 밖으로 나왔다.

“화장실 좀 갔다 올게요. 잠깐만 봐 주십쇼.”

덤터기 쓴 경비원 백씨

요즘 계속해서 날이 무척 좋다. 오늘도 날씨가 산뜻하다. 맞춤 옷을 찾아 입고 먼 여행이라도 떠났으면 싶은 그런 날씨다. 꿈같은 생각일 뿐이다. 경비실에 박혀 있기가 뭣해 답답한 마음이나 달래볼 양으로 현관 계단 밑에 내려와 서성이고 있는데, 건너 동쪽에서 언뜻 보이던 관리소장이 이쪽으로 온다.

요즘은 이상하게도 걸핏하면 소장이 얼굴을 잘 내놓는다. 소문에 따르면 귀때기가 새파란 놈이 걸핏하면 뒷간에 앉아 개 부르듯 사람을 오라 가라 한다더니만 무슨 이야기가 그 사람 귀에 들어간 건 아닌지 모르겠다.

계급사회란 어쩔 수가 없다. 현직 계급이 사람을 관리하는 것이다. 지난날 왕후장상을 지냈거나, 속에 공자가 들어있더라도 계급 앞에서는 들먹거릴 가치가 없다. 이제 다 끝난 일이지만 30년 가까이 그 생활에 매였다가 나온 몸이라 누구보다 그것은 잘 안다.

여기 근무하는 사람치고 소장에게 형뻘, 심지어 일찍 됐으면 아버지뻘 되는 사람도 있다. 그런데 그런 말이 왜 나왔는지 모르겠다. 사람이 나이순으로 계급이 정해지고 책가방 끈의 길고 짧음에 따라 능력이 주어진다면 그것만큼 바람직한 것도 없을 것이다. 그러나 세상이 어디 그런가.

소장이 눈앞에 어른거리는 것을 보고 엉거주춤 맞으며 인사를 건넨다. 그런데 소장은 인사를 받는 둥 마는 둥 한 표정으로 먼저 경비실 안으로 들어간다.

"이씨요, 좀……."

그러면서 나를 안으로 불러들인다. 보통 업무적으로 할 이야기가 있으면 있는 그대로 문밖에서 해도 얼마든지 될 터인데 안으로 불러들인 것을 보면 다른 요긴한 이야기가 있는 모양이다. 내가 뒤따라 들어간다.

"부담은 갖지 말고 들으세요. 혹 이씨가 105동으로 자리를 옮겨 볼 생각은 없으십니까?"

"105동요?"

"예."

"왜 그러는데요?"

내색은 안 해도 나는 그만 가슴이 철렁한다. 지금까지 경험으로 봐 대개의 경우 자기 골목 주민과 불협화음이 있거나 그럴 조짐이 보일 때는 자리를 바꾸게 한다. 사전에 불화의 조짐을 *끄기* 위해서다. 혹 나에 대한 무슨 좋지 못한 신고가 들어가지 않았나 싶은 생각이 문득 든 것이다. 내 얼굴에 나도 모를 반갑잖은 기색이 묻어났던가 보다.

“부담 갖지 말고 들으시라니까요.”

부담 갖지 말라는 소리는 또 뭔가.

“그래도 이상하잖우. 밑도 끝도 없이 불쑥 그러니까요.”

“그쪽에서 옮길 사람이 한 분 있어서 그럽니다.”

“옮길 사람이라, 누가⋯⋯.”

“그건 있다가 말씀드리기로 하고 내가 묻는 거나 대답해달라니까요.”

“⋯⋯.”

이상한 일이다. 만에 하나 그런 일이 있다면 그건 소장보다 우리가 먼저 안다.

“어떡하시겠습니까?”

“그래도 내용을⋯⋯ 아, 알겠습니다.”

그때서야 감이 잡힌다. 그리고 소장이 나를 남다르게 생각해서 찾아왔다는 것도 짐작할 수 있었다.

105동은 평수가 큰 동이다. 평수가 큰 동에 산다는 것은 평수가 작은 동에 사는 사람들보다 형편이 나은 사람들이 산다는 게 일반적인 시각이다. 경비원이라면 누구나 보이게 안 보이게 그쪽 근무를 원한다. 깨놓고 말하자면 명절 끝으로 양말 한 켤레라도 더 얻어 신을 수 있다는 이점이 있기 때문이다. 뺨을 한 대 맞더라도 금 반지 낀 손에 맞으라는 논리인 셈이다.

"이씨 생각은 어떻습니까?"

"소장님 뜻은 잘 알겠습니다만 그래도 난 여기 그대로 있으면 싶습니다."

"한 번 옮겨보는 것도 괜찮을 건대요."

"생각해주시는 건 고마운데 그냥 있겠습니다."

나는 완곡하게 사양한다. 솔직히 옮긴다는 게 싫다. 보이지 않 는 이점이 좀 있다고는 하지만 언제 그만 둘지 모르는데 지금 새 로 그쪽에 가서 사람들을 알고 한다는 게 귀찮아서다.

"알겠습니다. 그럼 그렇게 하십시오."

경비실을 나가는 소장의 뒤통수에다 대고 내가 지나가는 소리 로 물어본다.

"백씨 그 양반, 꼭 바꿔야 합니까?"

105동이라면 백씨를 두고 말함이 분명하고 백씨 일이라면 이미 나도 들은 것이 있기 때문이다.

"지금 운영위원회에서는 백씨를 내보내라는 겁니다."

돌아보는 소장의 인상이 자못 심각하다.

"저런."

"당사자들은 그 양반 꼴두 보기 싫다는 거예요."

"전적으로 그 양반 잘못만도 아닐 텐데."

“그건 우리 얘기고요.”

“하기사 절이 미우면 중이 나가는 수밖엔 없는데 그래, 자리만 바꾸면 그냥 붙어있을 수는 있겠던가요?”

“아직 미지숩니다. 하는 데까지 해보고 빌어볼 작정입니다. 멀리 떨어져서 서로 안 보면 좀 나을 거 아녜요. 그래서 한 번 시도해보는 건데.”

“들어보니까 그 양반도 형편이 딱하더구만요.”

“그러니까 하는 얘깁니다. 그 양반 올해 예순여섯 아닙니까. 작년에 나가야 될 사람을 주민들한테 양해를 얻어 한 해 더 근무하게 한 건데.”

“재수가 없기로 보면 뒤로 넘어져도 코가 깨진다더니만. 우리 소장님이 잘 좀 챙겨주십쇼.”

밑천 안 드는 인심 쓰기라 듣기 좋게 얘기한다. 그러나 소장은 고개부터 갸우뚱 흔들어놓고 말한다.

“노력은 하고 있습니다만 아무래도 어려울 거 같습니다. 나도 빌만큼 빌었는데 주인이 내보내라는 데야 어쩝니까.”

소장의 걱정담긴 대답이다.

지난달에 백씨에게는 이런 일이 있었다. 백씨가 근무하는 골목의 한 아이가 우리 외삼촌이라면서 청년 한 사람을 데리고 자기 집으로 들어갔다. 물론 백씨는 처음 보는 이로 그 아이가 그렇다니까 그렇게 알 뿐이었다.

그런데 나중에 안 일이지만 청년은 그 아이와 아무런 관계가 없는 사람이었다. 놀이터에 놀고 있는 아이들을 눈여겨 봐 두었다가 한 아이를 찍어 외삼촌이라며 접근한 것이었다. 내용도 아주 걸작으로 소설 감이었다.

"상구야, 집에 지금 누가 있니?"

"아무도 없는데요."

"너, 나 모르겠냐?"

"모르겠는데요. 누군데요?"

"이런 놈 봤나. 나 외삼촌이야. 외삼촌을 몰라보다니. 하긴 어릴 때 보고 그동안 안 봤으니까 낯설긴 하겠다만."

"……."

"엄마는 어디 갔니?"

"예식장에 갔는데요."

"그래, 그럼 곧 오겠구나."

청년은 아이의 이름도 자기네들 끼리 주고받는 이야기를 들어 자연스럽게 알아 접근해서 그 집 출입도 쉽게 했던 것이었다.

"너 이놈 외삼촌한테 절할 줄도 몰라. 오랜만에 보면 절도 할 줄 알아야지."

집에 들어온 청년은 아이에게 절까지 시켜 받아먹었다.

"너도 이제 많이 컸구나. 딴 데서 만나면 모르겠다야. 자, 이건 절값이다. 그리고 너도 아직 점심 안 먹었지? 내가 들어오면서 보니까 요 밑에 만두집에 만두가 아주 먹음직스럽더구나. 좀 사오너라. 우리 같이 먹자."

청년은 아깝지 않게 만 원권 두 장을 뽑아 하나는 아이에게 주고 하나는 만두를 사오라고 시켰다. 아이는 고맙다고는 받아들고 바로 만두집으로 달려갔다. 헐레벌떡 아이가 돌아왔을 땐 이미 청년은 사라지고 난 뒤였다. 문갑이며 장롱 문이 있는 대로 다 열려 있었다. 그 사이 외삼촌이 절도로 변해 귀금속 따위를 몽땅 털어 도망을 친 것이었다.

온 단지가 발칵 뒤집혔다. 당사자들은 경비원에게 잘못을 뒤집어 씌었다. 도대체 눈 뻔히 뜨고 그냥 앉아 뭘 하느냐는 것이다. 우리가 돈이 남아돌아 당신네들에게 월급 주느냐는 말도 나왔다. 할 말이 없다. 그들로서도 얼마든지 할 수 있는 말이기도 했다.

그러나 백씨로서는 속수무책일 수밖에. 주인이 자기 친척이라면서 데리고 들어간 것인데 누가 무슨 재주로 막는단 말인가. 어느 경비원이 생전 구경도 안한 아이의 외삼촌 인적사항까지 알아두고 있겠는가.

바로 책임론이 뒤를 따랐다. 보상을 하라는 말도 나왔다. 절차를 밟아 경찰에 신고는 했지만 신통한 수도 나오질 않았고 기대할 수도 없었다. 단순한 사과만으로는 될 일도 아니어서 백씨는 그냥 죄인으로 모든 걸 덮어쓴 채 당하고만 있어야 했다.

시간이 해결해주겠거니 해서 시간 가기만 기다렸다. 그 뒤로 한

동안 조용하기에 유야무야로 끝나는가 싶었다. 말은 안 해도 모든 경비원들이 자기 일인 양 감지덕지하고 있는데, 오늘 관리소장이 찾아와 이런 이야기를 한 것이었다.

기어이 책임 소재를 묻는 모양이었다. 할 말이 아주 없기야 하랴만 누구도 함부로 나서기는 쉽지 않은 일이었다. 현실을 외면할 수는 없다. 누구에게도 그런 일이 안 일어난다는 보장도 없다. 내게 일어난 일이라 하더라도 그대로 당하는 수밖에 별 도리가 없다.

이튿날 저물녘이었다. 이윽고 백씨가 나갔다는 이야기가 들렸다. 관리소장이 자리까지 바꿔가며 노력을 해보았지만, 그리고 운영위원회에서도 사정을 알고 타협을 시도해 보았지만 피해자가 받아들이질 않는다고 했다. 경비원을 내보내지 않으면 자기네들이 떠나겠다며 난리를 쳤다는 것이었다.

이곳에 몸담았다가 나가는 사람들이 다 그렇듯이 백씨 역시 온다간다 말 한 마디 없이 떠나 갔다. 회식 같은 건 생각할 수도 없다. 꼭 오명을 쓰고 나가서 그런 게 아니라 같이 있을 땐 농까지 주고받으며 친한 척 해도 헤어질 땐 그렇게 서로가 인사 나누는 것조차 부담으로 안고 말없이 떠나갔다.

남남이 묘한 인연들로 만나 길게는 한 2년, 짧게는 3~4개월을 그 동안 잘못 살아온 시절을 욕하고 원망하며 보내다가 그야말로 '떠날 때는 말없이' 유행가 가사처럼 다시 원점으로 돌아가는 것이었다.

음복 술로 시름을 달래다

밤 12시가 다 되었는데 인터폰이 울어 수화기를 든다.

"4문 앞으로 집합!"

4문의 조씨 목소리다. 생색이 묻은 말투가 어느 집에서 제사를 지내고 음복 음식이 내려온 모양이다. 속이 출출하던 참에 마침 잘됐다 생각하며 짬을 내어 그쪽으로 간다. 내 짐작이 적중했다. 서둘러 갔는데도 2문의 강씨, 3문의 김씨는 이미 와서 젓가락을 들고 있다.

경비실에는 전부터 내려오는 불문율이 몇 가지 있는데 주민들이 보낸 음복(飮福) 음식은 이웃끼리 나눠먹는 것도 그중 하나다. 음식이 많건 적건 같은 동 근무자들은 서로 불러 같이 먹는다.

"앗다, 모두들 동작 한 번 빠르네."

"원래 양반은 글 덕이고, 상놈들은 발 덕이라고 안카나. 동작 하나라도 빨라야 먹구 살 거 아닌개벼."

강씨의 말이다.

경비실에 보낸 음식치고는 제법 융숭하다. 떡 한 접시에 전 한 접시가 보통인데 여기에는 과일도 한 접시가 따로 담겨있고 접시들도 모두 크다. 술도 제사에 쓴 술이 아닌 따로 준비해두었던 병술이 분명했다.

"야, 이 집에 예의범절이 대단한데."

"우리 조 선생, 머슴 한 번 잘 살았다 아이가."

그것도 얻어먹는 것이라고 공치사나마 한 마디씩 거든다.

"야, 이 사람들아. 뿌린 대로 거둔다는 말 못 들어봤어. 다 그만큼 인간적으로 유대가 두터웠기 때문이다."

조씨가 은근히 으스댄다.

"오냐. 니 잘 났다."

강씨의 면박이다.

"그나저나 이것도 따지고 보면 조씨한테 얻어먹는 건데 우리가 부채를 너무 많이 지는 거 아닌지 모르겠수다."

내가 술잔을 기울이며 너스레를 보탠다.

"그런 걱정은 안 해도 된다. 그 형편은 된다니까."

"참 그러고 보니 먼저 주에도 얻어먹었잖아. 영 미안한데."

"허허허, 이 사람들 아주 웃기는구만."

"좌우지간 고마우이."

제사 음식은 어느 틈에 우리들에게는 별미로 자리 잡은 지 오래다. 남의 제사 음식을 앞에다 놓고 나누는 이야기로는 실례가 될지 모르지만, 그 속에는 경비원들만이 느끼는 삶의 애환이 녹아있다. 벌써 여러 번짼데 그때마다 나는 그런 걸 절실하게 느낀다.

"이건 문어 다리 아니야. 우리는 아직 제사를 지내더라도 문어 다리 써 본 일이 잘 없는데, 이 집은 아주 제사를 잘 지내는구랴. 우리한테까지 이게 돌아오자면 통째 썼을 터인데 말야."

"야, 이 사람아. 굿이나 보고 떡이나 먹으면 되는 건데 무슨 참견이 그리 많나."

"약주 안주는 뭐이 뭐이 캐도 문어 다리만한 게 없더라카이."

"경비원 처지에 입은 어지간히도 돋워 났다."

여기에서 조씨가 문득 생각난 듯 심각한 표정을 짓고 말한다.

"지금 난 음복 음식을 얻어먹긴 해도 마음이 무겁구만. 이집엔 어떻게나 제사가 많던지 내가 보기엔 사흘이 멀다고 지내는 거 같더라고. 이것도 한두 번이지 미안하잖아. 물론 늘 오늘처럼 풍성하게 내려오는 건 아니지만."

"4대 봉사(奉祀)를 다 모시는 모양이제."

"모두 열세 위를 모신다는구먼."

"4대를 다 지내더라도 쌍쌍으로 여덟 번만 지내면 되는데 뭐가 그렇게 많아."

"설 제사, 추석 제사도 있잖어."

"아냐, 그것 말고도 그래."

"나도 첨엔 그렇게 생각했는데 할머니가 둘, 셋 되는 조상도 여럿 있다는구먼."

"호구조사도 어지간히 착실히 했다."

"자꾸 얻어먹으려니 미안도 하구해서 한 번 물어봤었지."

"조상 모시는 열성이 대단하구만."

"그 댁 안식구들 애 먹겠는데."

"요새는 2대만 모시는 집도 많다구. 아마 가정의례준칙에는 그렇게 나와 있을 거야. 우리도 그래 지내는데 뭘."

"말이 쉬워 열세 번이지. 그건 매일 지내는 거나 똑 같은 거 아냐."

"아이구 몸써리야. 아마 우리 식구 같으면 버얼써 도망 났다. 네 번 지내는 거도 지낼 때마다 내가 눈치를 봐야하는데."

"그 말 빈 말 아이다. 나도 공감한다."

"아니구 말구."

조씨가 여기에서 다시 심각한 표정을 짓는다.

"이런 이야기 우리가 여기서 해서 어떨지 모르겠다만 그 집에도 제사 때문에 문제가 좀 생긴 거 같더라구."

"문제라이?"

"제사가 너무 많아 큰 며느리가 집을 나갔다는구만."

"저런, 저런 변이 있나."

"다른 데 문제가 있었겠지. 설마 그럴라구."

"아니야, 진짜야. 그건 내가 잘 안다구."

"그게 사실이라면 보통 문제가 아닌데."

"그러니까 하는 얘기 아냐."

"하기사 요새 젊은 여자들한테는 좀 그렇겠지."

"이게 그 집 음식이란 말이지."

"자알 한다. 어떤 이는 제사 때문에 도망치고 없는데 어떤 이는 그 음식을 맛있다고는 먹고 노닥거리고 있으니."

"아이구 몰라. 그러게 이런 사람도 있고 저런 사람도 있는 거 아이겠어."

"어쨌거나 잘 얻어먹는다. 저녁에 잠은 절로 오겠구면."

"그리구 조심들 하라구. 잘못하다간 또 병원 가는 수가 있어."

"이 사람 말 하는 거 좀 봐. 병원 실려가면 엔간히두 좋겠다."

지난여름 101동에서 경비원 한 사람이 제사 음복 나온 것을 잘못 먹고 토사곽란으로 혼쭐이 난 일이 있었는데 그것을 빗대어 한 말이다.

"자 우리 그만 일어나자. 좀 더 있다간 권주가 나올라."

강씨가 먼저 일어나고 내가 그 뒤를 따라 나온다. 밤이 깊었다고 어차피 남겨서는 보낼 수 없다며 자꾸 권하기에 주는 대로 들이켰더니 좀 과했던가 보다. 밖으로 나오니 다리가 휘청한다. 아파트 굴뚝 꼭대기에 번득이는 빨간 등이 이날따라 곱게 보인다.

4장

아파트를 닮은 사람들

언중유골, 늙어 대접받는 건 호박뿐

아파트 단지 내의 조경으로 만들어놓은 화단 모퉁이의 단풍나무들이 발갛게 물이 들었다. 한창 보기 좋다. 마치 꽃을 달고 있는 것처럼 아름답다. 내가 이곳에 처음 왔을 때 영산홍이 그렇게 곱더니만 그 꽃이 단풍으로 변해 피어난 듯한 느낌을 준다.

몇 개 달리지는 않았지만 그 옆 모과나무의 모과도 탐스럽다. 노란 색상이 더욱 그렇다. 누가 모과를 못생긴 과일이라고 했던가. 내 보기엔 가장 예술적으로 보인다. 지금 경비실 앞에 달린 모과는 아름답기만 하다. 자연의 신비란 그 끝이 어디인가. 저 단풍나무의 아름다움과 모과의 맛이 모두 흙의 조화일진데 참으로 알다가도 모를 일이다.

봄이 가고 여름이 오는가 싶더니, 어느 틈에 가을이 계절 한가운데서 나래를 펴고 있다. 그렇게 하루하루가 소리 소문 없이 와서는 가버린다.

세월이 잘 간다는 것은 결국 시간을 잊고 산다는 뜻인데 과연 그

것이 내 생활에 좋은 것인지 어떤 것인지 분간이 안 선다. 벌써 내가 이곳에 들어온 지 7개월, 반년이 후딱 지나갔다.

세월이 20대에는 20km의 속도로 50대에는 50km의 속도로 달린다더니만 그래서 그렇게 잘 가는 것일까. 이제 얼마 안 있으면 60km의 속도로 달릴 것이 아니겠는가.

직장을 그만 둔 지도 벌써 4년이 넘었다. 어쩌다가 아는 사람들을 만나면 아직도 옛날 직장에 다니는 걸로 아는 사람이 태반이다. 그런데 그 사이 반 10년이 흘렀다. 그만큼 세월이 빠르게 지나가고 있는 것이다. 속수무책이란 생각밖에 안 든다. 유수와 같은 세월이 아니라 쏜살같은 세월이다.

한때는 나에게도 마치 세월이 나 있는 곳을 빠트리고 지나가지 않나 싶을 만큼 더디게 가는 시절이 있었다. 입은 옷의 색감으로 나이를 부풀려 보이려고도 해보았고 목소리를 깔아보기도 했다. 지금 생각해보면 모두 꿈같은 이야기다. 요즘은 어제 다르고 오늘 다른 걸 실제로 느낄 때가 많다. 언제 내게도 그런 세월이 있었던가 싶기도 하다.

하지만 따지고 들면 가는 세월하고는 아무 관계가 없는 일이 지금 나의 일이다. 내가 놓여있는 처지와 환경이 나로 하여금 그런 생각을 하도록 만들고 있을 뿐이다. 모든 건 내 마음속에서 이뤄지고 있는 셈이다.

나는 깍지 낀 손으로 뒷덜미를 싸안은 채 의자에 묻혀 계절이 몰고 온 창밖의 변화를 내다보고 있다. 나이 탓인지 처지인지 모든 사람들이 계절과 어울려 신나게들 즐기며 사는데 나 혼자만이 거기에서 벗어나 외톨이로 사는 듯함을 느낀다.

더군다나 조금 전 〈남쪽나라〉 부녀회에서 주최한 관광 모임이 한바탕 야단법석을 피워놓고 막 떠난 뒤라 그런 감정은 더했다. 그들은 모두가 자기네 세상을 만난 듯 좋아서 죽겠다는 표정들로 놀이를 떠났다.

눈은 창밖의 가는 여름과 오는 가을의 해후를 섭리로 받아들이면서도 마음은 계절이 가져다주는 울적한 흔들림에서 쉽게 못 헤어나고 있다. 관광버스가 떠난 자리에 고여 있는 가을 햇살을 내려다보며 이런저런 상념에 젖어있는데 인터폰이 울린다. 수화기를 드는데 저쪽 목소리가 다급하게 쏟아진다. 건너 쪽 105동, 2문 경비실의 류씨 목소리다.

"그 앞에 꼬부랑 할매 보이능가 한 번 봐줘야."

"알았습니다. 끊지 말고 그냥 기다려요."

나는 수화기를 내려놓고 밖을 내다보았다.

꼬부랑 할매란 105동 1층에 살고 있는 치매 걸린 할머니를 말한다. 류씨는 가끔 그 할머니 때문에 속을 태울 때가 많다. 모른 척 눈감고 있어도 그만이지만 그 양반 성격상 그럴 수도 없을뿐더러 가족들이 봐달라고 매달리니까 어쩔 수가 없는가보다.

동과 동 사이에 무릎 높이의 분리대가 있고 거기 구석진 쪽에 쓰레기통이 놓여있는데 할머니가 거기에서 어른거리는 게 보였다.

"여기 있구만요."

"응. 알았어요."

나는 수화기를 놓고 그 할머니를 지켜보았다. 할머니는 쓰레기통에다 머리를 들이박고 무엇을 찾는지 정신없이 뒤적거리고 있다. 옷차림도 속곳 바람이었다. 무슨 일인가 해서 얼른 그쪽으로 달려가 본다.

내가 아는 할머니의 인적사항은 이렇다. 105동 1층 혼자 사는 여자의 친정어머니다. 여자의 오빠들이 있지만 모두 모실 입장이 못돼 그 여자랑 같이 살고 있는데, 대신에 생활비는 충분하게 대어주는 모양이었다. 따라서 여자도 하등의 불만 없이 누이 좋고 매부 좋은 그런 관계로 알고 있다. 그 여자도 이혼녀라는 것 같았다. 모두 류씨에게 들은 이야기다.

한 마흔쯤은 됐을까, 여자가 어떤 사람이란 걸 이제 나도 풍월로 조금은 아는데 속은 어떤지 모르지만 겉으로 봐선 혼자 살아도 세상에 부러울 것이 없을 만큼 신나게 살고 있는 여자다.

가끔 할머니는 딸 몰래 한 번씩 나와서 소란을 피우곤 했는데, 그때마다 류씨는 그 여자와 같이 나타나 할머니를 데려가느라 법석을 피웠다. 아마 오늘도 그런 양상인 듯 했다.

곧 류씨가 나타났다. 보통 때는 딸이 먼저 나타나고 나중에 류씨가 어처구니없는 얼굴을 내놓곤 했는데 오늘은 류씨 혼자다.

“왜 혼자지요?”

내가 류씨를 보며 나무라듯 물어본다. 아무래도 가족이 있어야 일이 수월할 것 같아서다.

“허허 참. 아무도 없으니까 혼자 온 거 아니오.”

“노인을 이래 두고 어델 갔는데?”

“나도 몰랐는데 누가 봤다면서 그러는데 아까 관광버스 타고 놀러 갔다는구만.”

“무슨 그런, 그래 저런 사람을 집에 혼자 놔두고 놀러갔단 말이야.”

“글쎄 말야.”

“완전히 정신이 나갔구만. 아니면 노는데 미쳤든지.”

내 입에서 나온 말이다.

할머니는 당신네들이야 무슨 이야기를 하든 나하곤 상관없다는 듯 한결같이 쓰레기통을, 이번엔 아주 부어놓고 뒤적거리고 있다. 주변에서 놀던 아이들도 구경거리라도 만난 듯 모여든다.

내가 관여할 일은 아니라도 슬그머니 분통이 터진다. 저런 환자를 두고 놀러갔다니 그게 말이나 되는가 말이다.

“할매요, 할매요.”

류씨가 고래소리로 없는 여자에 대한 역정까지 담아 할머니를 불러댄다. 하지만 할머니는 들은 척도 않는다. 팔이랑 허리를 몇 번인가 잡아당기고 해서야 마지못한 듯 힐끔 못마땅한 눈으로 류씨를 쳐다본다. 노인네 요량하고는 힘도 여간내기가 아니다. 그러나 뉘 집 개가 짖느냐는 표정이다. 그뿐 다시 하던 일에 매달린다.

"할매요, 그만 집에 갑시다. 어이."

"……."

할머니는 여전히 하던 일을 계속할 뿐 묵묵부답이다. 어쩌다가 한 번씩 쳐다보기만 했는데 그 눈매가 여간 무서운 게 아니다. 정신은 어떤지 모르지만 표정은 몹시 불쾌하다는 투다. 이미 여러 번 보았지만 나는 아직 그 할머니가 입 여는 꼴을 못 보았다.

"……."

류씨도 딴에는 무서운 표정을 만들어 이빨까지 악물고는 할머니를 노려본다. 말로서는 통하지 않기 때문인 듯 하다. 두 사람의 행동이 웬만한 팬터마임 하나 뺨치게 연출해 놓는다. 그것도 이력이라고 나는 옆에서 다음 일이 어떻게 전개 되는가 구경만 한다.

넉넉히 10분은 좋게 실랑이를 해서야 류씨는 할머니를 105동 자기네 문 앞까지 데리고 간다. 나도 약간 거든 셈이다. 계단 밑까지 온 할머니는 그의 손아귀에서 자기 손을 빼내어 계단에 풀썩 주저앉는다. 그리고는 가슴속에 품은 한이라도 내뱉듯 길게 한숨을 내쉰다. 휘파람 소리까지 섞인다. 그러다가는 유씨를 보고 이번엔 헤벌쭉 웃는다.

저런 때 보면 누가 봐도 정상적인 사람이다. 이제 다 왔으니까 좀 쉬어가자는 표정 그대로다. 류씨도 할머니랑 마주보고는 따라 같이 웃는다. 그냥 한번 그렇게 흉내를 내어보는 것 같기도 하고, 무슨 의사소통이라도 있는 듯 보이기도 한다.

"저렇게까지는 살지 말아야 하는데."

옆문의 경비원이 내다보며 중얼거린다.

"그걸 제 맘대로 할 수 있다면야 누가 걱정을 하겠어."

류씨가 힘없이 받는다.

"세상에 더러운 병도 다 있지. 나는 제일 지랄 같은 병이 저건 줄 안다."

"아무리 약이 좋아도 이거 하난 못 고치는 가부지."

"아마, 이건 내 생각인데 저건 병이 아닐 거야. 병이라면 아픈 데가 있어야 하는데 이건 그것도 아니잖어. 외려 먹성 하나는 더 좋거든. 힘도 더 좋고 하니 말야."

나름대로 느끼는 게 있다는 듯한 류씨의 말이다.

"병이 아님 그럼 뭐란 말이오?"

내가 받는다.

"형벌 같은 거 아닌지 몰라."

"그럼 죄를 지었다는 이야기가 되는데……. 세상에 죄 안 짓고 사는 사람이 얼마나 있다구."

"크고 작은 게 있겠지."

"그렇다면 저 할매는 어떤 죄를 지었는데?"

"그거야 누가 어떻게 아누."

할머니는 이제 우리들까지 싸잡아 바라보며 계속 웃고 있다. 이쪽 말귀를 모두 알아듣고 노려보는 것 같아 슬그머니 겁이 난다.

"저 할매 눈 좀 봐. 참말로 무섭다. 우리 얘기 다 알아듣고 있는 거 아냐."

"원래 저 할매 눈 꽁지가 좀 저래."

류씨의 대답이다. 그리고는 할머니를 향해 이른다.

"자 할매요. 이제 들어갑시다요."

이제 쉴 만큼 쉬었으니 그만 들어가자는 시늉을 만들어 보이며 할머니를 일으켜 세운다. 할머니는 반항을 보일 듯 하더니만 곧 일어난다. 집 문은 환하게 열려 있었고 집은 빈 집이다. 혼자 있던 할머니가 나오면서 열어놓은 듯 하다.

"할매요. 들어가입시다. 들어가서 한숨 푸욱 주무시소."

이외로 쉽게 할머니는 류씨의 말을 듣는다. 류씨와는 통하는 게 좀 있는 듯 하다. 류씨가 할머니를 데리고 방으로 들어간다.

"저 집 딸도 알아줘야 하겠구랴. 아무리 노는 것이 좋기로서니 세상에 저런 사람을 두고 어떻게 놀러갈 생각을 하냔 말야."

옆문 경비원이 투덜댄다.

"사람들 사는 게 모두 용하지."

내가 두루뭉수리하게 싸 바른다.

"내 앞도 못 닦으면서 남 얘기하기가 좀 그렇지만, 자식 저거 잘 키워놔도 말짱 헛거라구."

이 양반이 갑자기 이건 무슨 뚱딴지 같은 소린가. 내가 힐끔 쳐
다본다.

"……?"

"저 할매 자식이 의사라 그러더라구."

"그래요."

"그런 사람이 저런 자기 엄니를 혼자 사는 여동생한테 갖다 맡
겨서야 되겠어."

"아하. 그렇구나."

"유씨가 워낙 사람이 좋아 저래 봐주지, 우리 같음사 턱도 없다.
자기 엄마도 안 돌보는데 생판 남인 우리가 왜 봐주냔 말야. 이치
가 안 그래요?"

"세상엔 그런 사람도 있고 저런 사람도 있는 거 아니겠소."

"그래도 그건 그렇게 얘기해 가지곤 안 되지."

"이치상으로야 백 번 옳지. 하지만……. 아이구 그만 합시다. 우
리가 얘기한다고 될 것도 아니고."

그만 나도 내 자리로 돌아왔다. 할머니와 류씨의 행동을 지켜보
자니 문득 언젠가 치매를 앓고 있는 이모 댁을 다녀오면서 동생이
한 말이 생각났다.

"형님. 이모가 하는 말 우리는 모두 노망들었다고 헛소리한다
고 그러지만, 내가 볼 땐 그거 헛소리 아닙니다. 고기 먹고 싶다,
나도 돈 좀 주라, 어느 부모가 맑은 정신으로 자식한테 그런 말을

하겠어요. 마음에는 있지만 쉽게 할 수가 없단 말입니다. 내 생각
은 그렇네요. 그러니까 조물주가 사람을 노망나게 만들어 그런 말
을 자유롭게 하도록 하는 건 아닌지 모르겠어요. 가만히 들어보니
까 그냥 하는 이야기가 아니던데요. 그리고 늙어 대접받는 건 호
박뿐이라고 그러잖아요. 그게 어디 정신 나간 사람 입에서 나온
말입니까?"

주민이 될 수 없는 아파트 경비원

마당을 쓸고 있는데 누가 엉덩이를 툭 친다. 돌아보니 105동 3문의 박씨다. 우리 동 4문 골목에 살고 있는 사람으로 경비원 가운데 유일하게 〈남쪽나라〉 아파트 사람이다. 외출복 차림이다. 우리와는 같은 반인데 이 시간에 어인 행차일까.

"어디 가누? 근무 안하고."

인사삼아 건넨다.

"오늘부터 근무 안 하기로 했지."

그의 얼굴에 씁쓰레한 웃음이 발린다.

"갑자기 무슨 소리여?"

"무슨 소리는, 그만두기로 했다니께."

"……?"

"잘난 놈들이 많아 울 같은 사람 어데 배겨나겠어."

말투로 봐 무슨 곡절이 있긴 있는 모양인데 종잡을 수가 없다.

"좀 알아듣도록 얘길 해봐."

"이자 편한 백성 됐다이까, 수고들 해여. 있다가 보자고."

한 번 더 씩 웃고는 휙 바람을 일으키며 지나간다. 뚱딴지 같은 말에 쓸던 마당을 그만두고 2문 강씨를 찾는다. 강씨가 고개를 갸우뚱 하더니만 이른다.

"감이 잡히는 구마. 어떤 사람이 자기를 자꾸 씹는대. 같은 아파트에 사는 사람을 경비원으로 들여 놓으면 일을 우째 시켜먹느냐는 거지. 반상회에서 그런 말을 자꾸 들먹거린다더니만 아마 그래 그만 둔 거 아인지 모르겠구마. 종 쳤다믄 그거밖에 더 있겠어. 그집 형편 우리가 다 아는데."

강씨의 대답이다. 박씨의 신분에 대해 이러쿵저러쿵 한다는 이야기는 그 전에 잠깐 들은 일이 있다. 경비원과 주민은 어떤 의미에서 주종 관계인데 같은 아파트 사람은 경비원으로 안 된다는 이야기와 이왕 쓰는 사람 같은 아파트 사람을 쓰면 상부상조로 그만큼 기여하는 일이 되는데 마다할 게 뭐가 있느냐는 것이 그것이다. 그런데 그게 기어코 일을 만든 모양이다.

크면 큰 대로 작으면 작은 대로 세상의 어느 조직 치고 반목, 암투, 갈등이 없는 곳이 없구나 생각하니 입안이 떫다.

꿈속을 거닐다

"따르릉."

인터폰 소리에 놀라 번쩍 눈을 뜬다. 눈은 시계로 손은 수화기를 든다. 의자에 푹 묻혀 졸다가 깨어난 터라 몸이 기우뚱한다.

2시 반, 아직 새벽이다.

"예. 경비실입니다."

인터폰에 떠오른 저쪽은 1502호실이다.

"여기 15층인데 우리 골목에 누가 고양이를 키우는지 그놈 소리 때문에 잠을 못 자겠다. 좀 안 나도록 해주오."

그 집 영감 목소리다. 선잠 깬 목소리라 그런지 어눌하게 들린다. 우리 골목에선 두 번째로 나이가 많은 노인네다.

"우리 골목에는 고양이 키우는 사람이 없지 싶은데요."

고양이 키우는 사람도 없을 뿐만 아니라 나로선 처음 듣는 이야기다.

"그럼 내가 잘못 들었다는 말이여?"

못마땅한 말투다.

"아닙니다. 그런 건 아니구요."

"허허, 참. 내가 들었으니까 하는 얘기 아니오."

"예 알겠습니다. 알아보겠습니다."

우리 모르게 키우는 사람이 있을지도 모르고 해서 일단 받아들이기로 한다.

"내가 직접 들었는데 잘못 들은 건 아닐 거야."

"바로 올라가 보겠습니다."

수화기를 놓고 올라가 본다. 〈비상구〉 불빛만 보이는 계단이 꺾이는 공간에서 귓바퀴를 곧추 세우고는 고양이 울음을 찾는다. 하지만 고양이 소리는 어디에서도 나지 않는다. 좀 더 기다려 보려고 계단에 걸터앉아 숨을 죽이고 귀를 크게 열어놓는다. 턱을 괴고 〈비상구〉와 마주 앉았노라니 아닌 게 아니라 온갖 잡생각이 다 든다. 이럴 때 가장 먼저 머리를 치는 생각은 내 나이와 현실과의 조화이다. 어쩌다가 이 나이에 경비원이 돼 사람들이 꿈나라에 가 있을 이런 신 새벽에 남의 아파트 계단에 쪼그리고 앉아 고양이 울음을 찾는 신세가 되었을까 하는 가당치도 않은 생각이 날개를 편다.

고양이 소리는 아무리 기다려도 나질 않는다. 별난 노인네라 책 안 잡히려고 넉넉하게 한 시간이 좋게 기다려보았는데 어느 구석에도 고양이 소리는 없다. 들리는 것이라곤 사람들 코 고는 소리와 화장실 물 내려가는 소리가 전부다.

고양이도 잠을 자는 걸까, 아니면 이명 같은 것을 고양이 소리로 착각하고 법석을 피우는 건 아닐까, 그런 생각들을 하며 그냥 내려온다. 날이 밝으면 고양이 키우는 집이 어느 집인가 반장을 통해 알아볼 참이다. 눈을 조금 더 부칠 수도 있는 시각이지만 잠은 이미 십리도 더 달아나 버린다. 날이 밝기를 기다려 인터폰으로 반장 아주머니에게 물어본다.

"내가 알기로 없는데요. 누가 그럽디까?"

반장의 대답이다.

"1502호 영감님이요."

"영감님이 또 웃기는구만. 혹 TV에서 난 걸 잘못 듣고 그러는 게 아닌지 모르겠네."

"참, 그런 일도 있겠네요."

"밥 하다가 TV에서 나는 전화기 소리 듣고 뛰어간 일이 얼마나 많다고요."

그건 나도 몇 번 경험한 일이다.

"그것도 그렇겠습니다."

"영감님이 잘 못 들었지 싶은데 있다가 나도 한번 알아볼게요."

"부탁드립니다."

하지만 우리 골목에서는 고양이 키우는 사람이 없었다. 나중에는 구씨에게도 그런 일이 있었는가 해서 물어보았는데 금시초문이라고 했다.

"영감님 정신이 조금 어떤가. 없는 고양이 소리가 어디서 난다고 그러지? 골목에 저런 영감이 생기면 골치 아픈데."

내 이야기를 다 듣고 난 구씨가 웃으면서 한 이야기다. 다음날 영감이 내려왔기에 직접 한 번 물어보았다.

"영감님. 지난밤에 저한테 고양이가 운다고 그러잖았습니까."

"웬 고양이는."

"예?"

"고양이가 어데 있는데 난데없는 고양이를 나한테 묻노?"

"어데 있는 것이 아니라 새벽녘에 영감님이 저한테 전화하지 않았습니까? 고양이 소리 때문에 잠 못 자겠다고요"

"이 사람이, 아니다. 그런 일이 없어. 내가 왜?"

"이상하다. 그게 아닌데요."

"다른 사람한테 들은 거겠지."

"그거, 참."

세상에 이런 기똥찰 일이 있는가. 당사자가 그런 일이 없었다는데 나로서도 더 이상 할 말이 없다. 참으로 귀신이 곡할 노릇이다. 어처구니가 없어 우물쭈물하고 있는데 누군가가 창을 두드려 나를 깨운다. 어리둥절할 수밖에. 꿈이다!

"아저씨 1502호 키 좀 주세요."

이제 천성 경비원 신세가 되는가보다. 아직 경비실에서 졸면서 경비원 꿈을 꾼 일은 없었는데…….

리처드 바크의 《갈매기의 꿈》이 생각난다. 단순한 존재라는 현실의 사슬을 끊고 영혼 속의 위대한 이상의 힘을 찾아 비상하는 꿈, 비록 한 마리 갈매기의 꿈일망정 조나단이 그린 그런 꿈은, 이제 꿈에서도 멀리 떠났는가보다.

주차 전쟁, 난리가 따로 없다

아직 아침도 이른 시각인데 갑자기 101동 앞이 파장 직전의 시장 바닥처럼 왁자지껄했다. 이 시간에 큰소리 난다는 건 좀처럼 보기 드문 일이었다. 나는 별일이 아니길 바라면서 밖을 내다보았다.

큰 싸움판이 벌어지고 있었다. 육두문자와 고래고함이 조용해야할 아침 하늘을 찢어놓았다. 피투성이가 된 한 사람이 말리는 듯한 사람들에게 붙잡혀 헐떡거리고 있었다. 표정이며 행동이 분을 못 삭여 어쩔 줄을 모르고 있음이 분명했다. 하얀 와이셔츠가 선혈로 얼룩져 있어 분위기가 더 혼탁해 보였다.

맞은편에서는 잠옷 윗도리를 걸친 건장한 사내가 여차하면 달려들어 팍 물어뜯을 성난 사냥개처럼 이쪽을 노려보고 있었다. 주변 사람들의 표정이며 분위기가 조금 전에 일전이 있었음을 설명해주고 있었다.

"이 쌍노무 새끼가 엇다대구 반말 지꺼리야."

건장한 사내가 떠벌렸다.

"야, 임마. 너는 말 잘했냐? 니가 반말을 하니까 내가 반말 한 거 아냐."

피투성이가 대들었다.

"저 자식, 말하는 거 좀 봐. 아주 죽을라구 환장을 했구만."

"그래 임마. 죽을라구 환장했다. 자신 있거든 죽여봐라."

"저거 그만 개 값을 물어줘."

"저런 개 같은 자슥이 있나. 정말 쌍노무 새끼로구만."

"그래 임마. 나는 쌍노무 새끼다. 너는 무슨 새끼냐?"

"에잇, 돌대가리 같은 놈."

"저 자식 저거, 주둥아리 그냥 둬서 안 되겠구만. 손 좀 더 봐야 하겠는데."

그 소리와 함께 건장한 사내의 발길이 번개같이 날아와 피투성이를 걷어찼다.

"에이 씨팔새끼. 너는 이제 나한테 죽었다. 오늘이 니 제삿날인 줄 알아라."

와이셔츠는 말리는 사람들 손에서 벗어나 화단 둘레에 박아놓았던 벽돌을 뽑아들었다. 서로 한 치의 양보도 없었다. 양쪽 태도로 봐 가만히 두면 누가 죽어도 하나가 죽어야 해결이 날 것만 같았다. 다시 사람들이 와르르 달려들어 말렸다.

101동 3문 경비원 안씨가 중간에서 정신없이 왔다갔다하는 것으로 봐 싸움하는 사람들이 그쪽 골목 사람들인 것 같다. 나에게

도 모두 면이 익은 사람들이지만 단지 내의 사람들이란 것만 짐작
이 갔지 더 이상은 분간이 가질 않았다.

아침부터 술자리가 벌어진 것도 아닐 테고 빚 받으러 온 것도
아닐 텐데 왜 저런 피투성이로 서로를 못 잡아먹어 아옹다옹하는
것일까. 어찌 보면 서로가 잘 아는 사이 같기도 한데 무엇이 저토
록 원한 맺힌 사람처럼 독기를 품게 하는지 알 길이 없다.

주위에서 열심히 말리고는 있으나 싸움은 쉽게 멎을 것 같지 않
았다. 무슨 영문인지 궁금해 먼저 나와 있는 사람들에게 어떻게
된 일이냐고 물어보았다.

"글쎄요. 그게 싸울 일도 아니지 싶은데 저렇게 물고 뜯고 싸우
네요."

원인은 이러했다. 아침에 와이셔츠가 출근하기 위해 주차장에
내려와 본즉, 자기 차 꽁무니에 다른 차량들이 주차로 막고 있었
다. 자기 차를 빼내자면 최소한 두 대는 움직여야만 가능할 것 같
았다. 차량 번호를 적어와 해당 경비실에다 연락, 차주들의 도움
을 요청했다. 흔히 있는 일이다.

이내 바로 뒤의 차량 주인이 내려왔다. 그러나 그 차량 또한
자기 뒤에 차가 움직여주지 않으면 꼼짝할 수가 없게 되어있었
다. 10분 넘게 기다려도 뒤에 차량 주인은 나타나지 않았다. 그러
자 그때까지 엉거주춤 기다리던 사람은 더 참기가 뭣했던지, 뒤
에 차 주인이 나타나면 다시 연락해달라는 말을 남기고는 들어가

버렸다.

그때서야 기다리던 사람이 나타났다. 그는 나타나자마자 곤히 자는 사람을 불러냈다고는 투덜거렸다. 그러나 그 차도 움직이기가 난처했다. 앞차와 같이 협조를 해야만 공간이 생겨 움직일 수 있기 때문이다. 다시 들어간 사람을 나오게 하자니 무슨 일이 있는지는 모르지만 쉽게 나타나질 않았다. 이러기를 두어 번 반복되자 바로 뒤의 차량 임자가 그만 성질을 내고 만 것이다.

"이거 똥개 길들이는 것도 아니고, 바쁜 사람을 오라 가라 하니 아침부터 사람 미치기 좋게 만드는구만."

"미칠 사람은 댁이 아니고 납니다. 정시에 출근도 못하고 이게 뭐란 말요. 아무리 무식하기로서니 차를 이래 대는 사람들이 어디 있냐 말여."

"방금 뭐라구 했나요?"

"주정차 질서 좀 잘 지키라고 했수다."

"그럼 같이 한 아파트에 살면서 우리는 딴 데다 갖다대란 말요?"

"질서만 지키면 이런 일이 없잖아요."

"질서 지킬 공간이 없는데 뭘 어떻게 지키란 말요. 입에서만 나오면 다 말인 줄 아나, 엇다 대고 함부로 씨부리고 있어."

"아니, 이 양반이."

"뭐, 이 양반이. 그래 말 한번 잘했다. 당신 몇 살이야?"

이렇게 해서 사건이 터진 것이다.

이야기를 듣자 나도 모르게 고개가 끄덕여진다. 언제든지 누구에 의해서도 터질 수 있는 일이다. 전에도 이와 비슷한 일은 여러 번 있었고 일촉즉발의 위기에서 간신히 모면한 일도 몇 번 있었음을 나는 잘 알고 있다.

그러나 그런 줄 알면서도 뚜렷한 해결책이 없다는데 더 큰 문제가 있다. 단지 내의 주차 공간은 세대 당 1대를 기준으로 해서 만들었다. 불어나더라도 세대 당 1대 꼴이면 차 없는 세대도 있으니까 충분하리라 예상했던 것이다. 그런데 불과 5년 남짓 지났는데 차량이 많은 집은 3대까지 있으니 그 계획이 얼마나 무지몽매했는가 말이다. 그만큼 차량이 예상 밖으로 크게 불어난 것이다.

이제는 아파트를 재건축하지 않는 한 주차 공간의 해결 방안은 없다고 봐야한다. 해결 방법의 하나로 대당 월 5천 원씩 거두고는 있다. 하지만 이는 해결 방안이라기보다는 증가 억제책의 하나일 뿐, 그리고 이의 실효성도 전무한 상태이다. 그러니까 앞으로 이런 일은 얼마나 더 일어날지 모를 일이다.

주차 공간은 한정되어 있는데 직장인들은 저녁에 먼저 귀가해서 아침에 일찍 나가야 하고, 자영업자들은 그 반대이다 보니 주차원이 따로 있어 순서대로 다시 정리정돈을 하지 않는 이상 들어오고 나가는 차량이 꼬일 수밖에 없다.

이 해결 방법의 하나로 운영위원회에서 이런 제안을 내놓은 일이 있다. 밤 12시 경 차 가진 사람들이 모두 나와 다음날 아침 나가는 순서의 역순으로 다시 주차를 하자는 안이 그것이다. 그러나 그것도 불편하기는 일반이었다. 하루 이틀 말이지 매일 한다는 건 어불성설이다. 적어도 그런 점에서는 차가 생활의 이기가 아니라 흉기였다. 결국 원점으로 돌아가고 말았던 것이다.

그들의 싸움은 결국 관리소장이 나와서 이는 전적으로 자기에게 책임이 있다며 잘못했다고 빈 다음에야 수그러들었다. 그런데 그건 누가 봐도 끝난 싸움이 아니었다. 불씨를 그냥 묻어 둔 채 싸바른 것에 불과했다.

얼마 전에는 또 이런 일이 하나 있었다. 막 교대 근무를 해서 신변 정리를 하고 있는데 건너 동에 사는 한 아주머니가 헐레벌떡 들이닥쳤다. 경비실 인터폰을 찾더니만 자기가 직접 상대방 번호를 눌러 신호를 보냈다.

"하늘색 중형차 1237 댁의 차 맞죠?"

"맞습니다. 그런데요?"

"잠깐 차 좀 빼줘야겠습니다. 우리아이 학교 태워줘야 하는데."

"아 예. 바로 내려가겠습니다."

곧 한 사람이 내려왔다. 그러나 그녀는 차를 빼주러 온 것이 아니라 남편이 아침 일찍 목욕탕에 갔는데 키를 가지고 가 어쩔 도리가 없다면서 양해를 구하고는, 대신에 만 원짜리 지폐 한 장을 내놓으며 이렇게 말했다.

“죄송합니다. 이 돈으로 택시를 좀 이용해 주십시오. 형편이 이러니까 어쩔 수가 없습니다.”

아주머니는 한동안 난처한 기색을 보였다. 이런 일로 돈을 받자니 서로가 할 짓이 아니란 생각이 들었던 모양이다. 그러나 잠시 우물쭈물 하던 아주머니는 그 돈을 넙죽 받아 챙겼다.

“돈으로 받기가 뭣합니다만 과외 하는 아이 때문에 그러니까 이해해 주십시오.”

아주머니는 급하게 자기 집으로 돌아갔다. 나는 그 모양을 옆에서 다 지켜보았다. 그러나 그때는 서로가 형편이 그러니까 그것도 해결 방법이 되겠구나 생각했을 뿐 예사로 보아 넘겼다.

그리고 다음, 다음 날이었다. 이번에는 어제 돈을 준 우리 골목의 여자가 건너 동의 아주머니를 찾아갔다. 까닭인 즉 학교가 얼마나 먼지는 모르지만 만 원이란 돈을 차비로 다 쓰지는 않았을 텐데 왜 아직 거스름돈을 반납하지 않는지 모르겠다며 지금 그것을 받으러 간다고 했다.

그 행동 속에는 비록 입 밖에 내지는 않았지만, 예의상 내밀어 본 돈을 사양하지 않고 받아간 상대편에 대한 괘씸한 마음도 들어 있는 듯 보였다.

결말이 어떻게 나올까, 나는 어처구니가 없기도 하고 흥미롭기도 해 제2편이 어떻게 벌어지는가를 기다리고 있는데 그 여자가 돌아왔다. 여자는 묻지도 않은 내게 이렇게 말했다.

“돈을 받아냈습니다. 그런 건 받아가는 게 아니잖아요. 인사치레로 한번 줘본 건데 그걸 준다고 냉큼 받는다 해서야 경우가 아니지요. 그렇잖아요, 아저씨.”

이런 말과 함께 그 사람이 내보인 건 알량한 웃음과 함께 만 원짜리 지폐였다. 정말 뜻밖이었다.

“그럼, 거스름돈만 받은 게 아니라 원금을 다 받았네요.”

내가 나도 모르게 나오는 웃음을 추스른다.

“거스름돈만 내준다고 해서야 사람이 아니죠. 준다고 그 돈을 그냥 받아간 게 잘못 아닙니까. 이치가 그렇잖아요.”

그럼 처음부터 계획적인 거래였단 말인가.

“……”

할 말이 없다. 세상에 이런 일도 있는가. 장관이 따로 없다. 돈을 받아간 사람도 다시 되받아 낸 사람도 모두 주관이 뚜렷한 사람들로 밖에 볼 수가 없다.

직접 내가 당하는 일이 아니라 그냥 구경만 하고 웃고 말았지만 앞으로 주차 때문에 일어날 일은 더 많고 더 복잡할 텐데, 이게 보통 어려운 문제가 아니겠구나 싶다. 이 때문에 흉흉해지는 인심은 어떻게 감당해야 할지 이 또한 아파트 주민들이 스스로 풀어야 할 숙제가 아니겠는가.

“전쟁이야, 전쟁. 전쟁이 따로 없다니까. 어디 꼭 총소리가 나고 폭탄이 떨어져야 전쟁인 줄 아나본데 바로 이런 게 전쟁이라구. 서로가 피를 흘리고 죽기 살기로 싸우는데 이게 왜 전쟁이 아니겠어."

누군가가 싸움이 끝난 아파트 마당을 서성이며 한숨과 함께 쏟아놓는 말이다.

넓은 집 좁은 마음

승강기 안에 걸레질을 하러 들어갔다가 거울 옆에 붙어있는 A4 용지의 전단 한 장을 우연히 보게 되었다. 아마 주민 가운데서 누군가가 붙여둔 모양이다. "양심선언하세요."란 제목 아래 이런 내용의 글이 담겨 있었다.

10월 27일(금요일, 이날 저녁에 비가 왔음) 02시와 05시 사이에 105동 3문 앞에 세워놓은 소나타 승용차와 충돌한 뺑소니 차량을 찾고 있습니다. 혹 단지 내의 주민 가운데 가해 차량이 있다면 손해배상을 비롯한 모든 것을 불문에 부치겠으니 아래 주소로 연락해주시기 바랍니다. 이미 파출소에 사건을 접수시켜 현재 가해 차량을 수배 중이니 이후에 일어난 일에 대해서는 법적 책임을 면하기 어려울 줄 압니다. 주민들의 화합과 새로운 질서 확립을 위해 내린 관용성 제안이오니 협조해주시면 고맙겠습니다. 105동 1009호 김 아무개 드림.

내용으로 봐서 우리 골목 승강기에만 붙여놓은 것이 아니라 단지 내의 다른 승강기에도 다 붙여둔 성싶었다. 읽고 나니 고개가 갸우뚱해졌다. 이왕 봐 줄 바에야 저런 전단 없이 모른 척 묻어두면 그만일 텐데 싶은 생각이 들어서였다. 그러나 그렇게 넘어간다면 주위 사람들이 그런 일이 일어난 사실을 모를 테니까 이런 기회에 자신이 미담의 주인공이 되어볼 양으로 저렇게 떠벌리는 건 아닌가 싶은 생각도 같이 들었다.

그와 함께 떠오르는 게 하나 있었다. 그저께 아침 관리소장이 경비실로 찾아왔다. 102동에서 오는 것으로 봐 다른 경비실에도 다 들린 듯 보였다.

"1문에 사는 사람들 중에 어제 차를 딴 데 두고 들어온 사람이 있으면 한번 파악해주세요."

말투로 봐서 차량으로 불미스러운 일이 생긴 듯 보였다.

"왜 그러는데요?"

"글쎄, 그건 나중에 얘기할게요. 우선 그거나 좀 알아봐 줘요."

"알았습니다."

소장이 나가고 난 뒤 2문 강씨한테 물어보았다. 궁금증 푸는 건 그 이상이 없다.

"자세한 건 모르겠고 어젯밤에 누가 차를 들이박고 도망갔는 갑더라. 머 뻔한 거 아이겠나. 박힌 차 본네트가 부풀어 올랐다 카는데 들이박은 차도 그만큼 빠개졌을 거 아이겠어."

"그런데 왜 안 들어온 차를 알아보라는 거지."

"참 답답하다. 그라믄 누가 내 차가 박았수다 하고 옆에 세워놓겠나. 도망가지."

"알았수다."

가만히 생각해보니 그런 우문도 없었다. 어제 안 들어온 차를 파악한다면 그 가운데 가해 차량이 있을 건 뻔한 일이 아니겠는가. 바로 그런 일이 그제 아침에 있었다. 아마 지금 승강기 안의 전단도 그것과 무관하지 않으리란 생각이 들었다.

요즘 차량 때문에 빚어지는 일들이 너무 잦다. 아파트에서 일어나는 주민들간의 마찰, 갈등 등 불협화음은 거의 모두가 차량 때문에 일어났다. 차량이 자꾸 불어나니 어쩔 수가 없다. 앞으로 이런 일은 불어나면 불었지 줄어들지는 않으리라.

며칠 전에도 동네방네가 떠나가는 굿판이 하나 벌어졌는데 그것도 차가 원인이었다. 오전 10시쯤 일이다. 우리에게는 이때가 가장 조용한 시간이다. 등교나 출근할 사람들은 모두 나가고 집에 남아있는 사람들은 출근 준비로 부산했던 집안을 정리정돈할 시간이기 때문이다.

우리에게 조용하다는 건 현관에 출입하는 사람들이 적다는 걸 말한다. 나의 빼놓을 수 없는 일과 가운데 하나는 이 시간대에 신문을 보는 것이다. 신문은 배달하는 사람들이 넣어주고 남은 걸 한 장씩 들여놓기 때문에 이 신문 저 신문 주는 대로 다 본다. 덕분에 나는 요새 보고 싶은 신문을 다 보고 있다. 일찍이 나에게 이런 전성시대는 없었다.

이맘때는 경비실만 조용한 것이 아니라 아파트 전체가 조용한 편이다. 그런데 갑자기 104동 쪽에서 날 선 여자 목소리가 들려왔다. 조용한 시간이라 더 했고 아파트 벽에 반사되어 더 크게 울렸다. 처음 한동안은 그러다가 말겠지 하곤 예사로 들었는데 큰 소리가 너무 길어지는 듯해, 누가 오전부터 저렇게 단지가 떠나가도록 큰 소리를 내며 싸울까 생각하며 내다보았다.

104동 마당은 103동 모퉁이 하나를 돌아야 보였다. 마당에는 여남은 명이 넘는 사람들이 둘러섰는데, 그 속에서 원피스를 타이트하게 입은 한 뚱보 아주머니가 삿대질을 해대며 고래고함을 지르고 있었다.

"당신이 그 따우로 처신을 하이까 그 나이가 되도록 경비원 노릇밖에 못 해묵는 거요. 알기를 그렇게 알란 말이요."

"아이 무신 말씀을 그래 하능교."

상대는 105동의 경비원 임씨였다.

"지금 당신 하는 처신이 그 소리 듣기 돼 있잖어."

아주머니 입에서 반말이 나왔다. 홧김에 나온 말임이 분명했다. 하지만 상대는 누가 보더라도 자기에게 반말들을 나이는 아니다.

"말조심해요. 말이면 다 말인 줄 알고."

경비원이 참는 게 분명하고 위치로 그럴 수밖에 없다.

"내가 할 말 사돈이 한다 카드이만 빌 소릴 다 듣겠네."

여자가 눈을 내리깔며 이죽거렸다. 어디에서 수가 틀어졌던지 얼굴이 모양 없이 일그러져 있다. 가재는 게 편이라 했던가, 어떤 일로 저러는지 모르지만 보는 나로선 임씨에게 동정이 가는 건 사실이었다.

주변 사람들로부터 들은 바에 의하면 조금 전에 이런 일이 있었다고 한다. 한 사람이 자기 차를 타러 나와 보니까 앞뒤로 다른 차들이 꽉 막고 있었다. 주차 공간은 좁고 차량은 자꾸 불어나니 그런 일은 항상 벌어졌다. 임씨에게 말해 차 주인을 찾아 좀 빼달라고 부탁했다. 갇힌 차가 뒤로 빠지자면 한 대만 움직여도 되지만 앞으로 나갈 때에는 두 대가 움직여줘야 나갈 수가 있었다. 그래서 일을 수월하게 한다고 임씨는 뒤를 막고 있는 차의 주인을 불렀다. 여자도 내려와 보고는 차를 쉽게 빼주어 일은 조용하게 끝이 났다. 그런데 여자가 집으로 들어가면서 경비원에게 한 마디 쏴 부쳤다.

"당신네들 일 좀 잘하시오."

"왜 그럽니까요?"

임씨는 영문을 몰라 어리둥절했다.

"그걸 몰라서 묻는 거요."

"무슨 그런?"

"와 날 내려오라 카나요. 앞을 막고 있는 차를 빼는 게 옳잖아요. 이치가.”

“앞에는 두 대나······.”

“두 대거나 세 대거나 그건 문제가 되는 게 아니지요. 일은 그래
처리하는 게 아니라는 말입니다.”

“아닙니다. 그건 아주머이가 멀 잘 모르고······.”

“아이, 그라믄 당신 한 일이 잘했다 그말잉기요?”

“잘 했다기 보다는 그래 풀어야 일이 수월하잖아요.”

“이 양반 참, 사람 웃기고 있구마. 자기 잘못을 와 모르냐 말요.
잘못을 지적해 주믄 그렇게 알고 받아들일 일이지, 그래 당신이
잘해서 지금 나한테 따지자는 거요?”

“그기 우째 따지는 거 하고 같습니까. 일이 순서가······.”

“이 양반이, 정말 안 되겠구마. 속이 좀 끓어도 기양 넘어갈라
켓더이만.”

이렇게 해서 사건이 크게 벌어진 것이었다. 주변에 사람들이 하
나둘 모여들자 우군이라도 생긴 듯 아주머니는 더 기고만장했다.

“엊저녁에 꿈자리가 뒤숭숭 하더니만 별놈으 꼴을 다 보겠네.
그래 그 나이에 경비 노릇밖에 못해 묵는다는 소리가 그러큼 가슴
을 치요. 그런 소리 듣기 실컬랑 처신을 잘하라 안카요.”

“이런 니기미 씨팔, 말이면 다 하는 줄 알고. 뭐 이따우 여자가
다 있어?”

이윽고 임씨도 이를 깨물며 허리에 양손을 올려 반동 자세를 취

했다. 할 테면 해보자는 태도다. 경비원이라고 해서 무조건 죽어지낼 수는 없다는 돌변한 마음이 확연했다. 하긴 옆에서 봐도 그런 소리까지 듣고 가만히 있을 사람은 아무도 없지 싶었다.

"앙이, 이 영감탱이가."

아주머니도 물러설 사람은 아니었다. 벌써 생긴 틀이 보통 여자는 아니었다.

"영감탱이라이, 당신 나이가 몇이야?"

"뭐, 당신?"

"그래, 당신이라 캤다. 뭐가 잘못 댔나."

"보자보자 하이 이자 빌 소릴 다 듣겠네. 아주 영감탱이가 환장을 했구마이."

이제 싸움은 엉뚱한 양상을 띠고 있었다. 더 구경만 하고 있다가는 아무래도 못 볼 꼴을 볼 것만 같아 우리가 뜯어 말렸다. 처음부터 묵은 마음 없이 시작된 싸움이라 수습은 쉽게 되었지만 그렇다고 불씨가 근본적으로 주저앉은 건 아니었다.

이 날 이 여자가 이처럼 큰소리를 칠 수 있는 이면에는 주민과 경비원이라는 주종관계 외에도 자기 차가 대형차라는 것, 자기가 54평형 아파트 즉 〈남쪽나라〉에서는 가장 큰 평수에 산다는 점이 보이게 안보이게 하나의 힘으로 작용하지 않았나 싶다.

사람들이 편리하게 살기위해 만든 주거 공간이 아파트란 주택이지만, 어느 틈에 이젠 아파트가 그 안에 사는 사람들을 아파트

용으로 행태는 물론 심성까지 '아파트 사람들'이란 국화빵으로 찍어내고 있는 건 아닌지 모르겠다는 생각도 같이 들었다.

오늘 승강기 안에 붙은 사건도 잘 풀어지면 모르지만 잘못 되면 엄청난 파장을 불러일으킬 수가 있다. 뺑소니로 고발이라도 되는 날엔 인간관계가 험악하게 된다는 건 불을 보듯 뻔한 일이다. 이런 일들이 일어날 때마다 죽어나는 건 경비원들이다. 단지 내의 차량 사고로 빚어진 불화는 십중팔구가 경비원들과 무관하지 않게 일어난다는 시각에도 큰 문제가 있다. 일테면 감시가 소홀했다는 것이 그것이다.

얼마 전엔 지하 주차장에서 접촉 사고가 일어났다. 감시용 카메라(CCTV)에 그 현장이 찍혔다. 그런데 필름이 낡아서 판독이 어려웠다. 카메라는 있으나 마나한 하나의 형식에 불과한 존재가 된 것이다. 시설이 그런 시설이기에 경비원들로서는 어쩔 수가 없다. 하지만 결과는 감시원들의 카메라 작동 미숙으로 판독이 어려웠다는 것이었다. 나도 그 감시용 카메라의 성능을 잘 알지만 제품도 낡은 것인 데다 테이프도 사흘이 멀다고 되감아 쓴 것이라 무성영화의 자막처럼 알아보기가 힘들었다. 그 책임을 깡그리 경비원이 안아야 했다. 무전유죄라더니 여기에서는 무력유죄가 성립되는 것이다.

뺑소니 차량 사건은 열흘이 넘게 지나도록 조용했다. 전단 내용을 믿고 이실직고의 양심선언을 해서 면죄부를 받았는지, 아니면

고발의 대상자로 법의 심판을 받고 있는지, 무슨 말이 나와도 나
올 법한데 이상하게도 조용하기만 했다. 전단 문구로 봐서는 쉽게
끝날 일은 아닌 것 같던데 어떻게 마무리가 되었는지 모르겠다.
모르는 게 약이라던가, 하루하루가 또 그렇게 넘어갔다.

공짜보다 더 무서운 서비스

한나절 쯤 됐는데 우리 골목 대표 박 사장이 경비실 앞에 어른거리는 모습이 보인다. 저 사람이 집에 출입하는 건 시도 때도 없다. 아무리 자영업을 한다지만 출퇴근 시간은 있을 텐데 아무려면 저렇게 자유로울 수가 있나 싶다. 저래도 좋은 차 굴리고 떵떵거리며 살고 있으니 아직 젊은 사람이 용하기는 용하다. 오늘은 또 무엇을 트집 잡으려고 저러고 있을까 하고 있는데 아니나 다를까 박 사장이 경비실 안으로 고개를 쑥 들이민다.

나는 본능적으로 벌떡 몸을 일으킨다. 아파트 주민들은 다 나의 상전이지만 대표는 그 가운데서도 상전이 아닌가.

"이 주사요."

또 무슨 일인가, 이상하게도 저 사람은 얼굴만 보면 슬그머니 겁이 난다.

"……?"

"오늘 엘리베이트 안 한 번 봤습니까?"

“…글쎄요.”

“지금 한 번 가서 보세요. 거기 중국집 스티커가 붙어 있던데 그 거 못 붙이게 야단 좀 치세요. 저거는 한 번 붙여놓으면 잘 떨어지 지도 않아요.”

“……”

아무 말 없이 바로 승강기 쪽으로 가 안을 들여다보았다. 안 쪽 거울 옆에 한 장이 붙어있다. 〈남경반점〉의 스티커다. 아파트 상가 에 있는 음식점인데 그 집 배달하는 아이들이 부친 모양이다. 아 침에 걸레질을 하러 들어갔을 땐 분명히 없었는데 붙어있는 걸 보 면 그 사이 붙인 모양이다.

“조금만 관심을 가지면 되는데……”

뒤 따라온 박 사장의 이야기다.

“예, 알겠습니다. 앞으론 못 부치도록 하겠습니다.”

갑자기 당한 일이라 다른 할 말도 없다. 뒤통수를 긁고 있는데 뒷말이 이어진다.

“그것도 경비업뭅니다. 방치해둬선 안됩니다. 아줌마 두 사람 이 다섯 동 청소를 다 해야 하는데 서로가 도와줘야지요.”

“예. 알겠습니다.”

“전화번호 거기 나와 있잖아요. 지금이라도 당장 전화 해가지 고 야단을 좀 치세요. 나쁜 놈의 새끼들.”

“……”

붙인 사람들에게 하는 욕이지만 나에게 해부치는 욕 같아 영 듣기가 불편하다. 심기가 뒤틀리긴 하나 할 말도 없다. 박 사장이 무슨 속으로 방치했다고 말하는지 모르지만 방치한 일은 아니다. 나도 딴엔 열심히 한다고 하고 있다. 음식 배달 와서는 쥐도 새도 몰래 붙여놓고는 가버리니 따라다니며 감시하지 않는 한 현장을 잡는다는 게 쉽지 않다. 물론 전화도 여러 번 했다. 그 일로 밥 먹고 사는데 왜 그걸 방치한단 말인가.

"여하튼 신경 좀 써주세요."

끝까지 굳은 표정을 지닌 채 사람을 꼼짝 못하게 묶고는 나가버린다. 꼭 저런 식으로 야박하게 몰아 부치지 않아도 될 텐데 왜 사람이 저럴까. 그러나 박 사장의 뒤통수에다 대고 공손히 말한다.

"예, 그렇게 하겠습니다."

오늘따라 내 눈에는 박 사장이 더 작달막하게 보인다. 온통 고집불통과 오만방자함으로 뭉쳐진 듯하다. 내 잘못도 없는 건 아닌데 왜 저 사람이 내 눈에 그렇게 보일까. 박 사장이 시야에서 사라지자 기다렸다는 듯 한숨이 절로 나온다. 왜 저 친구가 날 못 잡아 먹어 달달 볶을까, 정말 공익을 위해 저러는 걸까, 아니면 우리 골목 대표라는 걸 확인해보는 것일까, 그리고 그것도 아니면 사적인 감정이라도 있어 그것 때문에 저러는 걸까.

내가 박 사장의 심기 불편한 행동의 원인을 캐는 데는 시간이 오래 걸리지 않았다. 원인을 찾아내자 다시 한숨이 나왔다.

며칠 전 일이다. 박 사장 아이가 인라인 스케이트를 타다가 유모차가 불쑥 나타나는 바람에 옆에 주차해 있던 승용차에 매달려 겨우 넘어지는 것을 모면한 일이 있었다. 하마터면 그대로 얽혀 곤두박질칠 뻔했었다. 그런데 아이는 넘어지지 않았으나 대신 그 충격으로 받힌 승용차의 오른쪽 문짝에 붙은 백미러가 떨어져 나가버렸다. 퍽, 소리가 나서 뛰어나가 본 즉 일이 그렇게 벌어진 것이었다. 아무리 애써 맞춰 보았지만 우리 손으로 백미러의 제 모습을 갖추기는 어려웠다.

승용차의 임자는 1202호 박사의 아버지였다. 그런 걸 알고 그냥 넘길 사람이 잘 있을까만 내가 아는 그 양반은 펄쩍 뛸 사람이었다. 여가 시간에 할 일이라곤 차 닦는 일밖에 없다는 사람으로, 하루는 우스갯소리로 사장님은 차를 타서 닳는 게 아니라 닦아서 다 닳겠다고 했더니 차도 내 분신이라던 사람이었다.

그때 나는 아이에게 차 임자를 알려주며 부모님에게도 말씀드리고 차 주인에게도 사과를 드리라고 일러주고는 약속까지 받아냈다. 그리고는 뒤를 지켜보았다. 그런데 약속이 먹혀 들어가질 않았다. 결국은 박사의 아버지가 먼저 알게 되어 경비실로 찾아와 범인을 찾아내라고 했다. 도리 없이 나는 가르쳐주었고 그는 바로 그 아이의 집으로 올라갔던 것이다.

그날은 종일 그 일로 마음이 불안했는데 잘 풀어졌는지 더 다른 조짐이 없어 일이 조용히 다 끝난 것으로 알았다. 받아들이기에 따라 얼마든지 조용히 끝날 수 있는 일이기도 했다. 고이성이 없는 일이고 사람 사는 곳에서는 언제든지 일어날 수 있는 일이니까 시인할 건 시인하고 사과할 건 사과하고 비용을 치룰 게 있다면 치루면 간단히 끝날 수 있는 일이니 말이다.

사실 말이 났으니 이야기지만 경비원으로선 이런 일이 가장 골치 아프다. 다른 일 같으면 안 봤으니까 모른다고 딱 잡아떼면 그만이다. 그러나 여기에서는 모른다는 것도 하나의 직무유기다. 왜 안 봤느냐, 그것도 안보고 뭐 했느냐고 대들면 할 말이 없다. 그러니까 사실 그대로를 실토하는 수밖에 없는데 보는 사람에 따라서는 그걸 고자질로 생각하는 것이다. 그러나 원칙은 있다. 지금 내가 한 것이 그것이다. 근무수칙에도 그렇게 나와 있다. 하지만 우리들이 바라는 건 그런 일이 안 생기도록 하는 것이다. 그게 상책이다. 하지만 그게 어디 경비원들 마음대로 되는 것인가.

비록 입 밖에 내놓지는 않았지만 박 사장의 태도에는 그때의 불만이 틀림없이 들어있었다. 벌써 시선도 달랐고 느낌도 달랐다. 적어도 내 생각은 그렇다.

내가 이곳에 오고 얼마 안 돼 우리 단지 내에서 이런 일이 하나 있었다. 중학교에 다니는 한 아이가 공을 가지고 놀다가 주차해놓은 승용차의 앞면 유리창을 깬 것이었다. 깨지긴 했으나 유리가 박살이 난 건 아니고 한쪽 모퉁이로 조금 금만 갔었다. 그런데 경비원이 자기는 모른다고 했다. 나중에 안 일이지만 그때 모른다고 한 건 가해자와 피해자 사이에 마찰을 없애기 위해, 일테면 자기 딴엔 잘한다고 잡아뗐다는 것이었다.

그런데 어떻게 알았던지 피해자는 가해 아이를 찾아냈다. 그리고는 유리 값도 받아냈다. 그러나 값만 처 받았지 유리는 갈아 넣지 않았다. 그냥 다녀도 얼마든지 다닐 수 있었기 때문이다. 그걸 본 아이는 결국 앙심을 품고 피해 차량의 타이어에다 칼을 댔다. 아마 부모에게 야단을 맞자 같은 아파트에 사는 어른으로 그 행동이 심하다고 생각했던 모양이다. 차주는 눈에다 쌍심지를 켜고 이를 갈았다. 가해자가 바로 그 아이라는 걸 알고는 있으나 확실한 물증이 없어 못 잡고 있을 뿐이다. 단서만 나왔다 하면 난리가 날 판이다.

일이 그렇게 번지면 죽어나는 건 경비원들이다. 이건 완전히 고래싸움에 새우등 터지는 격이다. 관리소장은 소장대로 제발 신경 좀 써달라며 달달 볶는다. 서로가 사람 할 일이 아닌 것이다. 다행히 세월이 약이어서 유야무야로 끝나버려 그런 다행이 없었지만 사건이 물리고 물려 그대로 계속 되었더라면 누구도 이 자리에 못 붙어있을 것이라고 입들을 모았다.

박 사장이 나가고 난 뒤 나는 승강기 안에 붙은 스티커를 떼어냈다. 접착제가 강한 것이라 떼어내는 데에도 보통 힘 드는 게 아니다. 그만 부아가 치민다. 녀석들이 또 언제 다시 붙여놓을 지도 모른다. 하루에도 많이 드나들 때는 수십 번씩 나드는데 그때마다 따라다니며 감시할 수도 없는 노릇이다.

일을 건성 마치고는 바로 스티커에 박힌 번호에다 대고 전화를 걸었다. 주인이 나오기만 하면 쌍욕을 해주리라.

"안녕하세요, 남경반점입니다."

자주 보고 듣는 종업원 목소리다. 부드러운 목소리가 음식 주문하는 전화로 생각한 모양이다. 그만 뒷말이 칵 막힌다.

"……."

"아, 여보세요."

"……."

저쪽 종업원의 목소리를 감지하는 순간, 언뜻 떠오르는 것이 하나 있었다. 언젠가 녀석이 볶음밥 하나를 들고 와서 책상 위에다 놓았다. 달걀프라이에다 자장이 발려있어 후각과 시각이 구미를 돋우었다. 마침 점심시간이라 더했다.

"아저씨 점심시간인데 이거 좀 드세요."

"아니, 난 시킨 일이 없는데."

"시켜서 가져 온 게 아녜요. 그냥 드시라구요. 서비스예요."

"뭐라구?"

종업원의 이야긴 즉 이 골목에 주문이 들어와서 가지고 왔더니 시킨 사람이 없어 주인에게 전화를 하니 이왕 가지고 간 것 경비원 아저씨 드시도록 주고 오라고 했다는 것이었다. 나는 그런가보다고 먹고 말았다. 그런데 나중에 알고 봤더니 그게 아니었다. 자기네들 판매 전략의 일환으로 한 번씩 그런 식으로나마 경비원을 대접해서 배달원과의 마찰을 없애고 쉽게 드나들 수 있도록 한다는 것이었다. 그 이야기를 듣고 보니 영 그만 기분이 아니었다. 세상에 공짜가 없다는 건 여기에서도 통하고 있었다.

"어이, 학생."

"네, 말씀 주십쇼."

"여기 남쪽나라 103동 경비실인데……."

"네. 그래서요?"

저쪽에선 식사 주문으로 알고 다그친다.

"야, 이 친구야. 그게 아니고, 자네들 스티커 있잖어. 담부터는 그걸 아무데나 부치지 말고 날 달라구. 그러면 내가 알아서 적당한데 붙여줄 테니까. 알았지."

소금 먹은 놈이 물켠다고 고작 내 입에서 나온다는 말이 이게 전부다. 박 사장에게 들은 소리도 있고 해서 싫은 소리를 좀 하려고 수화기를 들었으나 결과는 점잖게 타이르고 마는 용두사미가 되고 만다. 좋은 것이 좋지 않겠는가.

"알았슴다. 지금 바쁜데 전화 끊슴다."

저쪽에서 먼저 전화를 끊어버린다. 듣기에 따라 등에 붙은 파리 날리는 식의 대답이다. 치견축석(痴犬逐石)이라 했던가. 어리석은 개는 돌 던지는 사람을 물지 않고 돌을 물어 화풀이를 한다는 것이다. 도리가 없다. 그렇게 얽히고 얽혀 사는 거다.

아파트에 경비원을 없앤다고?

해가 길어지면서부터 밤 12시까지도 초저녁처럼 현관을 내왕하는 사람들이 잦다. 그만큼 일거리가 많다는 것인지 아니면 살기가 힘 든다는 것인지 그것도 아니면 이제는 여유가 생겨 그 시간까지 인생을 즐기며 산다는 것인지 알 수는 없지만, 사람에 따라 형편에 따라 다소 차이는 있을 것이다. 그러나 그만큼 생활의 폭이 넓어졌다는 것만큼은 분명한 것 같다. 얼마 전까지만 해도 11시 전후가 되면 귀가 할 사람들은 다 들어왔다. 그런데 이제 그 시각이 한 시간 쯤 늘어난 셈이다.

새벽 1시가 되는 걸 보고 문을 닫는다.

이제 눈을 좀 붙여볼까 하고 의자에 앉아 엉덩이를 빼고 어깨는 등받이에다 묻고 다리를 뻗어 책상 밑에다 깊숙이 밀어 넣고 자리를 고쳐 잡는다. TV도 끄고 눈을 감아 잠을 청하려는데 어느 쪽에선가 사람들 두런거리는 소리가 들린다. 104동 모퉁이 쉼터 쪽에서 나는 것 같다.

작년까지만 해도 그곳은 깡통, 신문, 병 따위의 재활용품을 쌓아두는 하치장이었는데 올 초봄에 쉼터로 바뀌었다. 위치로 봐서 단지의 중앙인데 거기에다 하치장을 만든 건 미관상으로도 안 좋을 뿐만 아니라 공터 활용 방법으로도 잘못되었다는 말이 있는데다가, 여름철엔 냄새가 나고 파리가 끓는다는 이유도 가세를 해서 바꾼 곳이다. 차양으로 올린 등나무 덩굴이랑 통나무 의자와 탁자를 들여놓자 흡사 시골 정자나무 밑처럼 친환경 쉼터로 손색없이 변했다. 한나절이면 주민들이 끼리끼리 어울려 여가 시간을 그곳에서 보낸다.

그런데 이상하다. 초저녁이어야 말이지 이 시간대에는 아무도 나올 사람이 없다. 그런데 왜 저렇게 소란스러울까. 마음 같아서는 한번 내다보고 싶지만 자리 잡은 게 헝클기가 싫어 그냥 앉아 머리로만 의문을 풀어본다.

독서실 아이들이 졸음 쫓으러 나와 있는 건 아닐까 생각해 보았지만 그네들 이야기로서는 목소리가 너무 굵다. 그렇다면 이웃에 무슨 일이 생긴 건 아닐까? 그것도 경비원들과 관계되는 일로 나중에 무슨 문제는 없을까? 지금 이 시간대에 일이라면 그런 일 말고는 없다.

자리에서 일어난다. 도저히 머리로는 해결이 안 나왔다. 다시 모자를 쓰고 밖으로 나온다. 가서보니 거기 모인 사람들은 쉼터 가까운 경비실에서 나온 경비원들이었다. 6~7명은 되었다. 주로

104동, 105동에서 나온 사람들이다.

"아니, 오늘 왜 이렇게들 모였지. 무슨 일 생겼수?"

내가 둥그런 눈으로 그중 한 사람에게 묻는다. 나만 빠지고 다 모인 듯하다.

"일은 무슨 일, 어쩌다보니 이래 된 거지."

보아하니 졸음 쫓으러 하나 둘 밖으로 나왔다가 모여 그런 자리를 만든 듯 했다. 가끔 이런 일이 있다. 만나다보니 이야기가 없을 수 없고 이런저런 동병상련의 신세타령을 털어놓다 보니 말이 꼬리에 꼬리를 물고, 거기에다가 출입하는 사람들도 뜸한 시간이라 이런 모임이 자연스럽게 형성되는 것이다. 그러나 두 셋씩 모이는 일은 가끔 있으나 이렇게 많이 모인 일은 좀처럼 드물다. 그렇다보니 말이 더 많았고, 많다보니 억양이 높아질 수밖에 없고, 높아진 억양이 결국 나까지 불러낸 것이다. 누군가의 이야기가 계속되고 있다.

"…그거는 우리한테 70만 대군이 뭣 때문에 필요하나 묻는 거하고 똑 같은 얘기라니까요. 6. 25 이후 아직 한 번도 전쟁을 치룬 일이 없잖어. 그동안 내버린 국방비가 얼마야. 지금 와 생각해보면 그런 낭비가 없는 거지. 만약을 위해 준비해두고 있는 것이 군 댑니다. 언제 일어날지 모르지만 전쟁이 일어났을 때 그 한 번의 전쟁만 막는다면 지금까지 50년이 넘도록 쏟아 부은 국방비는 다 건지고도 남는다는 거지. 우리 경비들도 그런 차원에서 생각해야

한다구. 당장 도둑이 없다고, 당장 내 주머닛돈 나간다는 것만 계산해서 경비원을 없애자는 발상은 잘못된 거란 말이오. 우리나라 국군을 없애자는 것과 똑같은 이치 아냐? 도둑도 전쟁도 항상 있을 수 있는 겁니다. 다만 오늘 나한테만 없다는 거 뿐예요. 모르겠습니다. 모두 우리보다 똑똑하고 잘난 사람들이라서 우리를 부려먹고는 있겠지만, 내 생각은 우리 주민들이 잘못 생각하고 있다고 봅니다."

주제가 무엇인지는 모르지만 하는 이도 듣는 이도 자못 심각하다. 이야기의 흐름으로 봐 무슨 문제가 생겨 그걸 두고 갑론을박하고 있음이 분명하다. 언뜻 느낌에 경비원들의 신상에 관한 것으로 보인다.

옆에 있는 조씨를 찜쩍거려 들은 자초지종은 이러했다.

어제저녁 〈남쪽나라〉 주민 대표자 회의가 있었다. 부녀자 대표까지 참석한 확대 회의를 했는데 그 자리에서 그들은 단지 내 경비원 감축 등 관리 전반에 걸친 문제를 거론했다. 거기에서 경비원들 반 이상을 내보내자는 이야기가 나왔다. 그것이 실행으로 옮겨질 경우 보따리를 싸야하는 불상사가 생기지 싶어 지금 그 문제로 한창 이야기 중이라는 것이었다.

나도 지나가는 이야기나마 들은 게 있다. 그러나 그 전에도 그런 이야기가 한 번 있었지만 곧 유야무야 됐다고 해서 대수롭잖게 생각하고 있었는데 아마 그게 경비원들의 신경을 건드린 모양 같았다. 101동 3문에 있는 사람이 반론을 제기한다.

"그 얘기도 일리는 있습니다. 그건 나도 그렇게 생각해요. 그러나 그건 어디까지나 우리 생각이지 주민들이 하는 생각은 아니잖나 말여."

"그럼 고양이가 쥐 생각할 줄 알았는강."

"우리 한 달 봉급이 70이잖어. 개인 한 사람, 한 사람한테는 별 거 아닌데 이걸 60명이 넘는 사람들한테 준다고 생각해 봐요. 6, 7이 42, 한 달에 4천만 원이 넘잖아. 1년이면 5억이 넘구. 그런 거금이 자기네들 주머니에서 나가야 하는데 그들로서는 충분히 그런 이야기도 나올 수 있는 거 아니겠어요."

"그렇다면 대안은 있는강?"

"대안이라니, 무슨 대안?"

"우리한테 다른 일자리를 구해달라는 게 아니라 우리를 내보내고 나더라도 경비는 세워야 할 거 아냐? 그거 말야."

105동 경비원이 끼어든다.

"아까 누군가가 얘기 했잖아. 나도 잠깐 들었는데 같은 내용이더라구. 현관에다 전자장치를 해서 전 주민이 저마다 암호를 가지고 여닫는 방법이 있고, 또 하나는 은행처럼 카메라를 설치해두고 출입하는 사람들을 감시하는 방법, 그리고 또 하나가 있던데 아 참, 경비원 한 사람이 문 네 개를 동시에 감시하도록 하는 방법, 이런 걸 내놓았더라구."

“그럼 경비실을 새로 지어야 할 거 아냐.”

“그런 거까지는 우리 소관 사항이 아니잖어. 무슨 복안이 있겠지 뭐.”

누군가 또 다른 사람이 나선다.

“나도 다 들었다. 경비원 한 사람에게 문 네 개를 지키게 한다고 해도 여기서 직영하는 게 아니고 용역 업체에다 의뢰해서 한대. 그러니까 일체 경비원들 신분에 대한 책임은 안지겠다는 거지.”

“뭐 용역 업체다가 맡겨?”

“계획은 그렇게 세워놓았더라고.”

“용역 업체 사정은 내가 잘 아는데 그렇다면 우리는 지금 봉급에 3분지 2밖에 못 받습니다. 그 사람들이 중간에서 또 잘라 먹어야 할 거 아닌가베.”

“갈수록 길이 좋아야 하는데 이건 첩첩산중으로만 들어가고 있으니 원.”

어처구니가 없는지 한쪽에서 한숨 소리도 난다.

“그런데 갑자기 왜 그런 말이 나왔지요. 지금까지는 조용했잖아요.”

“조용한 게 아니고 있기는 그전부터 있었는데 수면 아래 들어앉아 있었다는 거지.”

“우리 경비원들한테 불만이 있는강?”

“불만 있을 게야 뭐 있겠어. 그런 건 아니고.”

“그야 알 수가 있나. 우리 문제인지 자기네들 문제인지.”

“자기네들 문제라면?”

“형편이 곤란하다는 그거겠지. 뻔한 거 아니겠어. 제 주머니 털어내는데 좋아할 사람이 어디 있나.”

“그렇기도 하겠지.”

“이런 일은 서로 상의해서 하는 일도 아니잖아.”

“그야 물론이지. 서로가 일방적이잖어. 어데 우리는 나갈 때 주민들하고 협의해서 나가나 머. 낼이라도 내가 싫어 안 나오믄 그걸로 다 끝나는 거 아이가 말이다.”

“그나저나 이 나이에 나가가지곤 뭘 해먹지.”

“기똥차는 소리만 들리는구랴.”

“춘삼월 호시절은 이제 다 지나갔다는 건가.”

“좋도록 하라 캐라. 절간이 미우믄 중이 나가야제 별 수 있어.”

“테레비 보지마라, 신문 보지마라 칼 때 감이 잡히더라카이.”

“십시일반이라 했는데 밥 한 숟가락 얻어먹기가 왜 이렇게 힘드는지 모르겠다.”

어느 틈에 쉼터는 경비원들 신세타령의 광장이 되었다. 가만히 앉아있는 사람이 없다. 모두 빠지면 손해 볼세라 누가 듣거나 말거나 대구 나선다. 어떤 말들은 찾아갈 주인을 잃어 혼자 중얼거림으로 허공에 떠다니다가 사라지기도 한다.

“그 사람들한테도 그만한 사정이 있겠지.”

“원래 가진 사람들이 더 무섭다 안 카더나. 다 이치가 그런거 아니겠나.”

“어렵긴 모두 어려운가 보더라. 우리 골목에 관리비 연체된 사람이 여럿 있더라구.”

“그건 그래. 우리 골목에도 많아. 그런 거 보면 50평 아파트에 살아도 겉만 번지르 했지 속은 곪는 사람들이 더러 있는가 봐.”

“원래 천석꾼은 천 가지 걱정이고, 만석꾼은 만 가지 걱정이라 안카나. 세상에 걱정 없는 사람이 어데 있겠나.”

“그나저나 환갑, 진갑 다 지냈는데 이제 어디 가 구걸하지.”

한숨도 체념도 수용도 반발도 다 나온다. 이야기를 듣자하니 나도 그렇지만 모두 기가 찬다. 처음 대수롭지 않게 남의 일 얘기하듯 이러쿵저러쿵 털어놓을 때와는 딴 판으로 그만 몸도 마음도 한 짐이다. 다 잊어버리고 잠이나 자는 건데, 이거 안 해먹을 때도 삼시 세 때 입 건사하고 살았는데 설마 산 입에 거미 줄 치려고, 괜히 나왔다 싶은 생각도 든다.

“우리가 잘 못 살아 그런지 정치하는 놈들이 잘못해서 그런지 알 수가 없구만.”

“이제 다 살았는데 시방 와서 누가 누굴 나무라겠나. 그래봐야 카는 놈들 입만 더러워지지.”

“모두 살만큼 살았잖어. 낼부터는 묘 터나 보러 댕기자구. 우리한테 남은 일이라곤 그거 뿐이잖어.”

이야기가 엉뚱한 방향으로 흐를 기미가 보인다. 그때 지금까지 가만히 듣고만 있던 102동 3문의 노씨가 묵직하게 입을 연다. 젊었을 때는 노동조합 운동을 하다가 콩밥도 조금 먹어봤다는 사람이다.

"말이 나왔으니 말이지만 우리 세대만큼 불쌍한 세대도 잘 없을 겁니다. 일제 말기에 태어나서 비록 총칼 들고 치른 전쟁은 아니지만 전쟁 속에서 자랐지. 한창 피가 끓는 시절을 공돌이 공순이로 보내, 평생을 데모 속에서 불안하게 살아, 거기다가 밥술이나 뜰만하니까 그만 구세대로 몰아붙여 쥐죽은 듯 있으라니 세상에 이런 푸대접이 어디 있냐 말예요. 위에서는 이제 다 써먹었다고 필요 없다 그라지. 손은 빈 털털이지, 아래에서는 개 닭 보듯 누구하나 챙겨주는 이 없지. 세상에 이런 딱한 일이 있나 말여."

그의 전력이 빈 말이 아니게 노씨의 말에는 마디마디에 무게가 실려 있다. 빙 둘러앉았던 사람들이 모두 고개를 끄덕인다. 그 가운데 한 사람이 문득 생각난 듯, 자기도 그렇게 살아왔다는 듯 받는다.

"참 우리 공돌이 공순이 소리 많이 들었다. 당시는 그런 명칭밖에 불러줄 이름이 없었던가. 하긴 공장뺑이로 살았으니까 그 이름 듣는 건 당연하겠지만."

"왜 다른 이름이 없겠나. 우리가 힘이 없으니까 만만하게 보구 그러는 거지. 요즘 환경미화원이니 생활설계사니 하는 것도 따지고 보면 마찬가지 아냐. 찾아보면 듣기 좋은 이름도 있을 거야. 왜 없겠어. 모두 제 밥그릇 챙기기가 바빠서 그렇지.”

“나는 공돌이 공순이만 들으면 내가 짐승 된 기분이 들더라구. 호돌이 호순이 하듯이 말야.”

노씨의 이야기가 다시 이어진다.

“신세대니 386세대니 뭐니, 이거 모두 말이사 얼마나 번지르르 한가. 그러나 나는 그거 하나도 좋게는 안 봅니다. 우리하고 아무 런 관계가 없다고 해서 그러는 게 아니에요. 이것도 일종의 파벌 조성이라구. 지역감정 부추기는 거 하고 똑 같다고 봐요. 386세대 가 다 뭐야. 개뿔도 잘나지도 못한 녀석들이 데모해 가지고 민주 화 좀 부르짖었다고 마치 이 나라의 주인공이나 되는 거처럼 지랄 해대는 꼴 보면 참 기도 안 차지. 어디 민주화라는 게 허허벌판에 서 이뤄지는강. 망할 놈으 세상. 그만큼 살을 찌워 먹도록 해놨으 니 그런 말이 나오는 거 아니겠어요. 그런데 주춧돌 놓은 사람들 은 가만히 있는데 문짝 들고 다닌 놈들이 저거들이 집을 지은 양 떠벌리고 다니니 이게 말이나 될 소린가 말야. 어쩌다가 일이 이 모양으로 굴러 떨어졌는지 몰라. 아이구 내 팔자야.”

노씨의 이야기는 듣고 씹을수록 가슴에 와 닿는 게 많았다. 모두 조용히 강의 듣듯 듣고만 있다. 비록 경비 업무에 매달려있지만 이 런 차원 높은 이야기를 하는 사람들이 우리들 가운데도 있구나 싶 은 표정들이다. 뒷말 받을 사람이 없자 노씨의 말은 계속된다.

"모두 우리를 구세대라고 하는데 이게 크게 잘못된 겁니다. 세상에 신세대 안 거친 구세대가 어디 있나 말여. 그런데 우리는 어느 날 갑자기 구세대로 태어난 사람들이 돼 버렸다구. 이건 잘못돼도 크게 잘못된 거거든. 사람이 아무리 좋다고 해도 이렇게 몰아붙여서는 안 되지. 딱 우리 세대만 이런 대접을 받는다 말입니다. 우리 윗대를 한 번 봐요. 우리보다 문명의 혜택은 못 받았겠지만 사람대접, 어른 대접은 다 받고 세상 떠났다 아닙니까. 우리 할아버지가 우리 나이 때는 담뱃대 탕탕 두들겨 가며 큰소리로 아랫사람들을 호령했단 말입니다. 지금 우리한테는 그게 안 먹혀 들어간다니까. 오히려 아랫사람들의 눈치를 봐야 할 형편이잖아요. 요즘 젊은 놈들 모아놓고 우리가 살았던 보릿고개 이야기 한 번 해보라구. 또 그 얘기냐는 거예요. 참 미치고 환장할 노릇이지. 세상에 뿌리 없는 나무가 어디 있는데, 그런데 모두 그걸 몰라주니 원. 어쩌다가 우리가 이런 무인지경에 놓였는지 모르겠어요. 그러니까 아까도 누가 말했지만 아파트 주민들이 우리 보기를 탐탁찮게 생각하는 겁니다. 힘없는 사람인 줄은 다 알거든. 나가라면 언제든지 나가는 그런 사람으로 본다 그 말입니다."

노씨의 이야기는 구구절절이 옳았다. 모인 사람들 모두 노씨 이야기를 음미라도 하듯 조용히 듣는다. 그 조용함을 깨고 누군가가 나선다.

"그래, 우리가 나간다면 언제쯤 나가나요?"

"그건 아직 누구도 모르지."

누군가가 받는다.

"금년 말까지는 가부간 해결이 난다카이 기다려 보는 수밖에 없구마."

"넉넉잡아 그렇게 보면 되지 싶구만. 또 알 수 없는 게 이눔의 일이라 내년으로 넘어갈 지도 모르구."

"그럼 됐다. 봐 가면서 우리가 먼저 나가면 되잖어. 최소한 쫓겨 나갔다는 말은 안 들어야 할 거 아닌가베. 이 나이에 그런 창피가 어디 있나 말여."

"뭐 그게 중요한 거라고."

"왜 아냐. 쫓겨난 거 하고 내 발로 걸어 나간 거 하곤 하늘과 땅 차이야."

"그런데 하나 물어보자. 우리 단지에서도 노동조합 만든다더니만 그건 어찌 된 거야. 그런 거라도 하나 만들어놓으면 좀 나을거 아니겠어. 다른 아파트는 더러 있다 그러던데."

"다 물 건너간 소리구마. 고양이 목에 방울 달 사람이 있어야 말이지."

"지금이라도 하나 만들면 안 될까?"

"글쎄, 누가 십자가를 질 거냐니까? 그리고 아파트는 조직 자체가 회사하고는 달라 어려울 거로구만. 상대할 사주가 있어야 하는데 당장이라도 우린 경비원이 필요 없으니 모두 그만두라면 거기엔 대처할 방도가 있어야 하는데 그게 없다고."

"그라믄 있다는 데는 어째 만들었능공?"

"그런 거까진 잘 모르겠고."

그때 손 반장이 나타난다. 아마 순찰 돌다가 일부 사람들이 보이지 않아 이쪽으로 온 모양이다.

"야 이 사람들아. 소를 잡나 개를 잡나 시간이 몇신데 다들 여기서 뭣들 하는가?"

"소도 개도 안 잡고 생사람 잡는구마."

누군가가 받자 둘러섰던 사람들이 키득키득 웃는다.

"누굴 잡았는데, 잡은 사람도 안 보이는구만 그랴."

손 반장이 능청을 떤다. 이미 그도 이쪽 분위기를 어느 정도 파악하고 있는 듯한 눈치다. 이때 한 사람이 대놓고 물었다. 아까 묘터나 보러 다니자는 사람이다.

"요즘 아파트 공기가 험악한 거 같던데 도대체 어떻게 돌아가고 있는 거요?"

손 반장은 좀 별 다른 걸 알고 있지 않을까 싶어 묻는 듯 하다.

"공기라니? 우리 아파트 공기가 어때서."

묻는 의도를 모를 턱은 없을 텐데 동문서답을 하고 있다.

"황사 바람인지 하도 탁해서 그럽니다."

"아, 그저께 대표자회의 한 거 때문에 그러는구나. 신경 쓸 거 하나도 없다. 그런데 신경 쓸 시간 있으면 신문이나 보라구."

"반 이상이 쫓겨난다면서요."

"누가 그래? 누구 맘대로 누가 누구를 쫓아낸다는 거야."

"그래 결정이 났다카던데 뭘."

"참 걱정도 팔자로구만. 해마다 심심하면 한 번씩 나오는 소리 아냐. 그 소리 작년 봄에도 나왔잖아. 구름 잡는 이야기라구."

"반장 오래 하더니만 마음이 변했나 보지. 나는 그렇게 안 들었는데."

"북진통일 아무리 떠들어봐라, 그게 무슨 소용이 있나. 한쪽 귀로 듣고 한쪽 귀로 흘리란 말야."

"그래도 일이란 게 안 그렇다카이. 방구 자주 끼믄 똥 싼다카는 걸 와 모르노. 그 사람들이 비싼 밥 먹고 뭐 땜에 거짓말 하겠나. 다 그렇고 그런 기라."

"잘 못 알고 있다. 가재는 어디까지나 게 편이라고 했다. 내 말만 믿어. 여기 있는 사람들 신분은 내가 보장해 줄께. 이제 됐어."

옆에 있던 사람이 얼른 큰소리로 받는다.

"우리 반장 최고다. 어느 장단에 춤을 춰야 할지는 모르겠다만 일단 우리는 반장을 믿어보자구."

"아이그 모르겠다. 믿어달라는 놈치고 믿도록 하는 기 뭐가 있더노."

"우리 반장님은 다릅니다."

"자, 그만들 하고 들어가요. 너무 오래 이러구 있으면 만수무강에 지장도 있고 하니까. 그리고 남이 보면 모양도 이상하잖아.”

　그러면서 반장이 돌아가 버리자 한 사람 두 사람 자리를 뜬다.
오늘 저녁도 눈 붙여보기는 틀린 듯싶다.

경비원, 실패한 월급쟁이들의 종착역인가

"참 사람이 변해도 많이 변했다."

해거름이 다 돼 저녁밥을 지으려고 전기밥솥 냄비를 들고 수돗가에서 쌀을 씻고 있는데 웬 그림자가 나를 덮는다. 누군가 해서 돌아보니 뜻밖에도 P였다.

"아니, 이거……."

내가 우물우물하고 있는데 P는 물 묻은 내 손을 아프도록 움켜잡고는 대고 흔들었다.

"우리 이 선생이 이렇게 변할 줄이야. 참 세상은 재미있구만."

P는 나와 H통신에 같이 있었던 직장 동료다. 좀 더 정확하게 말하면 나에게는 직장 선배이지만 나와 같은 직급으로 또 비슷한 연배이기 때문에 서로가 편하게 지내다가 나보다는 먼저 직장을 나온 사람이다.

당시 직장을 그만 둘 때 그는 H통신보다 더 나은 곳이 있어 그쪽으로 자리를 옮긴다고 한 것 같았는데 나중에 들으니 그동안 쌓인 부채를 감당 못해 그걸 퇴직금으로 해결하기 위해 그만 두었다고 해서 씁쓸한 여운을 남긴 친구다.

"나 여기 있는 줄은 어떻게 알았지?"

"다 아는 수가 있다."

경비실 안으로 들어와 마주앉았다. 이런 자리에 있는 나를 찾아올 만큼 그런 사이는 아닌데 웬 일일까, 그리고 내가 여기에 있다는 걸 어떻게 알았을까, P까지 알고 있다면 나를 아는 사람들은 거의 모두 내가 경비원으로 있다는 걸 알고 있겠구나, 이런 반갑잖은 생각들을 보듬은 채 한마디 건넸다.

"어때? 내 꼬라지. 근사하지."

입고 있는 제복을 내려다보며 말했다. 이 말 속에는 내가 나를 까발림으로서 오히려 편하겠다는 의미도 들어있다.

"그래, 근사하다."

P는 경비실 안을 쭉 훑어보며 엉거주춤한 표정을 지었다.

"참, 미국에 가 있다는 큰 아이는 나왔나?"

그를 보자 그 생각이 먼저 떠올라 인사 겸 물었다. 직장에 있을 때부터 그의 큰아들이 미국에서 공부하고 있다는 걸 알고 있는데다가 금년 초 어느 예식장에서 잠깐 만나 나눈 이야기가 생각났기 때문이다. 그때 그는 아이가 미국에 들어간 지 올해로 6년째 든다면서 결혼까지 해서 두 아이가 달렸다는 것과 아직 학위를 못 받아 자식은 자식대로 고생을 하고 자기는 자기대로 뒤를 대주느라 죽을 맛이라고 인상을 구겼다.

그 가운데서도 인상적으로 남은 것이 하나 있는데 "요새는 차에 기름 넣을 돈이 없어 페인트 점을 통해 가짜 휘발유를 넣고 다니는데 그것도 괜찮더라. 꼭 필요하면 자네한테도 방법을 알려주지." 하던 말이었다.

"아이구, 안 그래도 그놈 때문에 죽을 지경이구만. 학위는 곧 받는 모양이더라. 그런데 나온다고 해도 걱정 그냥 있다고 해도 걱정 지금 내 사정이 그 모양이다."

그는 웃으면서 말했는데 왠지 그 웃음이 밝지가 않다.

"학위만 받으면 고생은 끝 아냐?"

"아냐. 그것도 옛날 소리다. 발길에 차이는 게 박사 아냐. 어느 놈이 받아줘야 말이지."

"설마 미국 박산데 그럴라구."

문득 우리 골목의 오스트레일리아 산 박사가 생각났다.

"모르겠구만. 학위나 받고 하면 제 입 건사는 하겠지 뭐."

"못 가르쳐 그렇지 가르쳐만 놓으면 다 거기 있는 거 아니겠어. 교육보다 확실한 투자가 어디 있냐. 그런 걱정은 할 거 없다. 대접할 거라곤 이것밖에 없다. 자, 한번 마셔봐."

내가 커피포터의 물 끓기를 기다려 커피를 한 잔 태워 내밀었다. P는 잔을 반쯤 비우고 난 뒤 이윽고 가는 한숨과 함께 여기 찾아온 목적인 듯한 말을 무겁게 꺼냈다.

"사실 자네한테 이런 일 때문에 찾아온다고 해서는 안 되는데 형편이 그러니까 할 수 없다. 바로 얘기할게. 어디 경비원 자리 하나 없겠나? 그거 좀 알아보러 왔다."

전혀 예상 밖의 말이었다. 듣는 내가 더 당황했다. 그러면서 그는 아이 학비 때문에 집을 저당 잡혔다는 이야기, 얼마 전까지 어느 증권회사 지사의 주차관리요원으로 있었는데 건물 주인이 바뀌는 바람에 더 못 있고 나왔다는 이야기, 여기저기 일자리를 알아보던 중 누군가가 내가 여기 있으니 한번 가보라고 해서 체면불구하고 찾아왔다며 이해해달라고 했다.

할 말이 없다. 문득 내가 친구에게 이력서를 보낼 때 일이 생각났다.

"……."

"좋은 일로 찾아와도 그럴 건데 미안하고 그렇다. 잘 봐줘."

"아니 도대체 무슨 얘길 하는지 모르겠다. 왜 이러나?"

"살다가보니 그렇게 되는 걸 어쩌누."

"아이구, 이 사람아."

"경제적으로도 그렇지만 그 보다도 일없이 빈둥거리고 논다는 게 더 할 일이 아니더구만."

내 놀람에 당황한 것일까, 말머리를 돌렸다.

"하긴 그것도 그렇긴 하다."

"다른 건 더 얘기할 거 없다. 요즘 내 처지가 그렇고 그러니까 찾아온 거 아니겠어. 그렇게만 알고 한번 알아봐 주라.”

“하긴 일 하던 사람이 일 없으면 그것도 할 짓은 아니지.”

나는 이 말과 함께 며칠 전 신문에서 어느 CEO가 새로운 오복(五福:壽, 富, 康寧, 攸好德, 考終命)을 건강, 돈, 친구(아내 또는 남편), 봉사, 일이라고 했다는 말로서 상대방의 무거운 마음을 조금이나마 덜었다. 친구에게 이런 이야기를 꺼낸다는 게 어디 쉬운 일인가 말이다. 내 이야기 끝에 그가 말했다.

“사람 한평생 살기가 왜 이렇게 힘든지 모르겠다. 참 예전엔 미처 몰랐던 일들이지.”

P는 담배를 빼물었다. 내가 연기 때문에 창을 열자 그는 끊었던 담배를 다시 피운다면서 양해를 구했다.

“하긴 나도 많이 해본 생각이다.”

재작년 일이라 벌써 과거사가 된 일이다. 내가 친구에게 이력서를 보낼 때 받은 정신적 고통이 저런 것이 아니었나 생각했다. 어찌 그 속을 말과 글로 털어놓을 수 있을까.

“앞으로 살아봐야 살날도 얼마 안 남았지만, 살더라도 더 좋은 날은 별로 없지 싶다.”

“이미 그쪽 답은 다 나온 거 아냐. 내 생각도 그래.”

“참 골치 아픈 이야기다.”

“어떤 이는 인생을 60부터라고도 하더라만 그건 그냥 핑계 아니겠어.”

“돈이 없어 그렇지, 말이사 그게 맞지. 시간도 있고 하니까 지금부터 인생을 알 나이잖아.”

“인생을 안다? 참 좋은 이야기다.”

순간적이나마 우리는 턱도 없는 철학자가 된다. 처음 마주쳤을 때 마치 저쪽도 나도 나쁜 일을 하고 교도소 안에서 우연히 마주친듯한 느낌을 받았는데 동류의식 때문일까, 이젠 마음이 조금 놓였다.

“있던데 거기, 바뀐 새 주인한테 한번 매달려보지 그래. 어차피 그 양반도 사람은 써야 할 거 아냐.”

내가 잘못 든 길을 다시 바로 잡는다.

“주인이 바뀐 게 아니고 자식한테 건물을 물려줬나봐. 대출금에다가 형제간에 불화, 그런 걸로 해서 더 있어도 골머리가 아프겠더라고. 곧 건물도 넘어갈 것 같고 해서 그래서 먼저 나와 버린 거라구.”

“……”

할 말이 없었다. 실오라기라도 잡아 매달리고 싶은 사람이 제 발로 걸어 나오자면 오죽했을까 싶었다.

“더러 일자리가 있긴 있지 싶은데 제대로 못 찾아 그런지 힘드는구만.”

“뭐가 잘못 돼도 많이 잘못됐다. 자네가 일자리 때문에 날 찾아온다고 해서야 말이 되나 말야.”

“…….”

내 말에 P가 쓸쓸하게 웃었다. 이제 보니 그의 머리도 반백에 가까운데 그게 더 사람을 쓸쓸하게 만들었다. 말이 났으니 얘기지만 직장에 있을 때는 제법 잘 나갔던 친구였다. 아마 오늘 같은 날이 자기 앞에 벌어질 것이라곤 상상도 못했을 것이다. 그러나 그건 모두 옛날이야기다. 나도 가끔 내 현실을 생각해보지만 호구지책으로 아파트 경비원 생활을 하리라곤 꿈에도 없었던 일이 아니던가.

“좌우지간 알았네. 내가 힘자라는데 까지 알아보지. 그러나 솔직히 말해 가능성은 거의 없다.”

저녁 시간인데 자꾸 붙들고 있어봐야 그렇고 해서 나는 이야기를 끝낼 양으로 솔직하게 말했다. 언젠가 회식 자리에서 들은 내 책상 서랍 속에는 이력서가 여남은 장이나 쌓여있다는 관리소장의 이야기를 나는 잘 알고 있다. 그만큼 이런 자리도 얻어 차기가 힘든 자리였다. 이 친구가 나에게까지 찾아오자면 어디 보통 마음으로 찾아왔을까만 유항산 유항심(有恒産 有恒心)이라고 나로서도 형편이 못 되니까 어쩔 수가 없다.

“요즘 힘들지 않는 게 어데 있겠나. 한번 알아나 봐 줘. 괜히 찾아와 귀찮게 한 건 아닌지 모르겠다. 우리가 이런 이야기 하러 만나가지고는 안 되는데. 모르겠다, 그만 그냥 갈란다.”

P가 일어났다. 맛이 없는지 내키지 않은 것인지 커피가 그냥 남

아있다.

"그래 또 만나자. 내가 비번 날에 봐서 한번 연락할게."

"응, 그래라. 미안하다, 친구야."

"미안하긴 이 사람이……."

우리는 다시 손을 한 번 더 잡고는 헤어졌다. 저만큼 떨어져 걸어가는 P의 축 처진 어깨가 석양 그늘로 해서 어두워 보였다. 전기밥솥에 쌀을 앉혀놓고 지키고 앉은 내 머릿속은 방금 찾아온 친구의 일로 뒤숭숭했다.

여간 자존심이 강한 친구가 아닌데 더군다나 그런 일로는 죽으면 죽었지 입을 열지 않을 친군데, 참으로 세상이 많이 변했다는 것에서부터 저 친구가 그렇다면 내 주변에서도 우리와 비슷한 사람들이 더러 있겠구나 싶은 생각 등이 어지럽게 머릿속에서 회오리를 쳤다. 문득 퇴직하기 직전 연수원에서 사회 적응 교육의 하나로 받은 한 강사의 이야기가 새삼스럽게 떠올랐다.

"삼수갑산을 가는 한이 있더라도 이거 세 가지는 꼭 지켜야 합니다. 죽는 날까지 재산은 자식에게 물려주지 말고 쥐고 있어야 하고, 퇴직금도 누가 조른다고 아무데나 투자하지 마세요. 여러분들은 직장인으로는 노련하단 이야기를 들을지 모르지만 사회인으로는 더군다나 그런 쪽으로는 초년생입니다. 또 하나는 집을 넓히지 마세요. 앞으로 두 사람이 살 텐데 40평, 50평 아파트가 왜 필요합니까. 그리고 이거 세 가지 외에 각자가 알아서 할 일인데 자

식들이 부탁한다고 손자손녀 데려다가 봐주는 거 그거, 그렇게 할
필요가 없다는 걸 하나 더 부탁드립니다."

왜 이 말이, 이미 상식화 된 이런 이야기가 가슴을 칠까? 쉬운
일이지만 쉽게 지킬 수 없기 때문에 그런 건 아닌지 모르겠다. 자
식이 일을 저질러 감방에 들어갈 판인데 통장에 돈을 두고 모른
척 할 부모가 세상에 어디 있겠는가. 이렇게도 저렇게도 못하는
이율배반적 상황이 마냥 우리를 슬프게 할 뿐이다.

밥솥이 이젠 밥을 먹어도 좋다고 삐삐 소리를 냈다.

금세기 최고의 날에 선 마지막 근무

인기척에 눈을 떴다. 경비실 밖에서 누군가가 노크를 했고 그 소리에 잠이 깬 것이다. 중학생 둘이 들여다보며 나를 찾았다. 정신을 차려 다시 보니 한 학생은 우리 골목 사람이고 다른 하나는 그의 친구처럼 보였다.

시계는 새벽 4시 반.

"웬 일이고? 이 시간에."

내가 문을 열며 그들을 맞았다.

"옥상 키 좀 주이소."

무턱대고 키를 달라니 졸음이 확 달아났다. 아직 밖은 캄캄한데 옥상에 올라가 뭘 하겠다는 것인지 직감으로는 놀랄 수밖에 없다.

"키는 왜?"

"별 좀 볼라고 그랍니다."

"별이라니?"

"하늘에 별 말입니다."

“별은 왜? 밑에서 보면 될 거 아이가.”

이 밤중에 난데없는 별은 왜 찾는지 모르겠다며 의아해 하는데 옆 아이가 말했다.

“오늘 북쪽 하늘에 혜성이 나타난다 그라거던요. 그래서 그거 한 번 볼라고 그럽니다.”

그러고 보니 학생의 손에 쌍안경이 들려있다. 별 일이야 없겠지만 그렇더라도 만약의 경우를 생각하지 않을 수 없다.

“응 그래, 알았다. 나랑 같이 올라가자.”

그때서야 며칠 전 신문에서 언뜻 본 기사가 떠올랐다. 이번 혜성은 40여 년 만에 나타나는 것으로 새벽녘 북극성 동쪽에 나타나는데, 육안으로도 충분히 볼 수 있는 유성우로 금세기 최고의 장관을 연출할 우주 쇼라고 했다.

아파트 옥상에서 본 하늘은 땅에서 보는 것과 달랐다. 땅에서는 주변 가로등의 불빛과 아파트 벽 때문에 하늘의 별 하나도 쉽게 보기 어려웠는데, 여기서는 좀처럼 보기 어려웠던 은하수의 윤곽이 또렷했다. 학생들이 여기를 찾는 까닭을 알만했다.

오랜만에 참으로 오랜만에 찾아보는 북극성, 북두칠성, 카시오피아였다. 하늘의 별은 내가 어렸을 때 시골에서 본 그 하늘, 그 별자리들이 조금도 변하지 않고 그대로 지키고 있었다.

그런데 이상했다. 금세기 최고의 우주 쇼라는 혜성은 나타나지 않았다. 학생은 쌍안경으로 열심히 찾는다고 찾아도 안 보인다고 했다. 신문에 기사화까지 되자면 근거가 없진 않을 텐데 어디에서 잘못이 생긴 걸까.

"혹 학생들이 날짜를 잘못 안 거 아냐."

"아입니다. 오늘부터 사흘 동안 북극성 부근에 나타난다고 했어요. 시간도 이맘때가 맞고요."

"그런데 왜 없냐?"

"글씨요. 이상하네요. 혹 구름 속에 숨었는강."

"거기 구름이 어디 있냐. 하늘이 무척 맑구만."

"참 이상하다."

"신문이 거짓말은 했을 턱이 없고 너희들이 뭔가 잘못 안 게 맞지 싶다."

"참, 아저씨두요. 오늘이 틀림없다니까요."

북극성 부근만 아니라 동서남북 다 헤매어 봐도 혜성은 고사하고 비슷한 것도 보이지 않았다. 기사가 잘못 되었거나 우리가 잘못 알고 있거나, 이도저도 아니면 보조 장비가 없어 못 보는 경우 중 하나일 것이다. 학생들도 힘이 빠지는지 저건 큰곰, 작은곰, 또 저건 견우성, 직녀성 하며 엉뚱한 이야기만 한참 늘어놓았다. 나는 나대로 그들이 내려갈 때까지 하늘을 지키며 시간을 보냈다.

지금쯤 고향 우리 집 처마 끝에 달려있어야 할 멍애다물(三台星)이 바로 머리 위에 얹혀있었다. 어머니는 저 별이 처마 끝에 달리면 땔감에, 김장에, 초입에 든 겨우살이 걱정으로 곧잘 한숨을 내

쉬곤 했다. 북쪽 하늘에서 기러기가 날아오기 시작하면 겨울이 깊어지기 때문이다. 하지만 이제는 멍애다물이 달릴 처마도 어머니의 걱정도 들을 수 없다. 모두 옛날이야기일 뿐이다.

별똥별 하나가 산 뒤로 떨어졌다. 참으로 오랜만에 보는 별똥별이었다. 어렸을 때 별 하나가 떨어질 때마다 누군가가 또 한 사람이 이 세상을 떠난다고 한 말이 있어 별똥별을 볼 때마다 무거운 마음을 갖게 한 일이며, 어느 동화책에서 본 반딧불이가 하늘로 올라가 별이 된 이야기도 잠깐이나마 떠올랐다.

모두가 이젠 허황된 상념으로 남아있을 뿐이다. 하늘의 별을 보고 꿈을 키웠던 일은 모두 꿈이 되어 허물어졌다고나 할까, 이제 우리에게 있어서 별은 그냥 그런 것이 거기 있다는 사실뿐 아무런 감흥도 주질 못한다. 산전수전의 현실과 생활이 그런 일에까지 마음을 쓰게 여유롭지가 않으니 어쩌랴.

오늘 혜성을 만난다는 일은 어디에 잘못이 있는지도 모른 체 끝내 불발탄이 되고 말았다.

"추워 감기 들겠다. 그만 내려가자꾸나. 별은 다음에 보기로 하고."

나는 학생들을 먼저 내려 보낸 뒤 자빠진 김에 쉬어간다고 모아둔 포장지가 바람에 흩날려 어지럽게 널려있는 것을 한쪽으로 다시 모아두고는 내려왔다.

아침에 퇴근을 하면 이곳 근무는 끝이 난다. 오늘 근무가 경비원으로서 마지막 근무인 것이다.

일주일 전이었다. 직장생활 할 때 상사로 있던 K씨에게서 전화가 왔다. 퇴직자 모임인 우리 K동우회에서 같이 일 좀 해보는 게 어떻겠느냐는 제의였다. 임원들의 봉사로 운영되고 있는 법인체인데 총무 직은 상근을 전제로 약간의 보수를 지급하고 있는 모임이다. 나도 그 조직 구성원의 일원으로 돼 있다. K씨는 내가 아파트경비원으로 일하는 것을 모른 상태에서 전화를 했고, 나는 그쪽 사정을 잘 알고 있기 때문에 바로 고맙다며 받아들인 것이다.

이 일은 나만이 알고 있다가 하루 전날인 어제 출근하면서 관리소장에게 알려놓았다. 관리소장 책상 서랍에 예비 경비원들의 이력서가 여러 장 들어있다는 것을 그 전부터 잘 알고 있는 터라 그런 통보만으로도 운영에는 하등의 지장이 없다. 아마 오늘 오후쯤엔 누군가가 내가 처음 들어올 때처럼 그런 절차를 밟아 들어올 것이고 내일부터는 그 사람이 이 자리에 앉아 나처럼 근무할 것이다.

돌아보니 2년에서 2주일이 빠지는 기간이었다. 나에게는 지금까지 살아온 어느 기간보다 힘든 기간이었다. 회한과 고뇌, 비감으로 보낸 자성의 세월이기도 했다. 너무 많은 것을 통감했고 인생의 종착역에 가까웠다는 초조함으로 더 절실했으며 많은 것을 배우고 얻었다. 은원(恩怨)이 교차한 건 말할 것도 없다. 아픔으로 성숙한다고 하지만 성숙을 이야기하기엔 너무 멀리와 있다는 것이 안타까울 뿐이다.

부끄럽지만 스스로를 폐족(廢族)이라 치부한 다산 정약용 선생의 방대한 저술 대부분이 전남 강진에서 보낸 유배생활에서 썼다는 것이 공감으로 안기는 순간이기도 했다.

다 퍼내고 보면 그 공간에 지금까지 있었던 것과는 다른 무엇이 채워지기 마련인데 그것이 확실하게 무엇인지는 모르지만 2년 동안 내가 얻은 것은 바로 그런 것이 아닌가 생각해본다. 가능하다면 낭비는 하지 않으려고 했는데 돌아보니 모두가 낭비 같이만 느껴지는 건 어인 까닭일까.

역려과객(逆旅過客)이라 했던가. 한평생 우리가 살았다 가는 것도 하룻저녁 여관 생활에다 비유했는데 2년 남짓의 경비원 생활이 뭐 그리 대단할 것인가.

우리 동 각문의 강씨, 김씨, 조씨, 그리고 반장 손씨, 모두 좋은 사람들이었다. 그들과 간단히 악수 한 번으로 석별의 정을 나누고 관리사무소징을 만나는 것을 끝으로 〈남쪽나라〉를 나왔다.

나오다가 다시 한번 돌아보니 관리사무소 앞 화단엔 자목련이 곧 터질 듯한 웃음을 한입 물고 있었다. 들어올 땐 영산홍이 불꽃으로 만발했었는데…….

'얌통머리'를 생각해 본다

이 원고를 마칠 무렵, 나는 우연히 TV에서 부산의 한 아파트 경비원이 주민과의 마찰로 투신자살 했다는 뉴스를 들었습니다. 주차 문제로 주민과 실랑이를 하다가 상대에게 칼부림을 하고는 자책감 때문에 옥상에 올라가 몸을 던졌다는 것으로, 경비원 경험이 있는 나 같은 사람에게는 많은 것을 생각게 하는 내용입니다.

아파트 단지 안의 공동 생활규범은 대부분 주민 대표들의 모임인 운영위원회에서 정합니다. 그러나 공동의 편리가 개인의 편리를 반할 때가 종종 있기 때문에, 운영위원회에서 결정된 업무를 수행하는 경비원들로서는 갈등을 느낄 때가 많습니다.

잘못이 누구에게 있는지는 잘 모르겠지만 추측하건데 이날 사건도 거기에 까닭이 있지 않았을까 생각해 봅니다. 어쨌거나 주민과의 마찰로 생명까지 버렸다니 참으로 가슴 아픈 일이 아닐 수 없지요.

집(house)과 가정(home)은 다릅니다. 집은 '하드웨어' 이고 가정은 '소프트웨어' 라고 볼 수 있습니다. 집이 편리하고 우아하다고 해서 그 안에 사는 사람들이 다 편안하고 우아하게 사는 건 아닙니다.

아파트 생활은 주거 문화의 큰 변화이며 공동체로 구성된 집단 생활입니다. 모두 한 지붕 밑에 살고 있고 내 집의 벽은 내 것임과 동시에 남의 벽도 되기 때문입니다. 화단의 풀 한 포기 나무 한 그루 모두 마찬가집니다.

아파트의 한 동(棟)이 시골의 한 동(洞)보다 더 많은 세대와 인구가 살고 있는 것이 현실입니다. 하지만 우리는 시골에서는 시내 건너 사는 사람도 이웃이 되지만 아파트에서는 한 뼘 벽 저쪽에 누가 살고 있는지 모르고 지내는 사람들입니다. 울타리와 콘크리트 벽의 차이로만 보기엔 틈이 너무 크다고나 할까요.

주거 생활의 궁극적인 목표가 웰빙 라이프에 있다고 본다면, 그리고 사람 사는 목적 가운데 하나가 공동생활 영위에 있다면, 이제 아파트 생활도 거기에 맞는 새로운 소프트웨어를 찾아 이를 몸에 배도록 익혀야 할 때가 왔다고 봅니다.

경비원 생활을 하면서 나는 '얌통머리' 라는 말을 많이 생각해 보았습니다. '얌통머리' 는 얌치의 속된 말로서 '부끄러움을 아는 마음' 입니다. 그러나 이 단어 속에는 단순한 부끄러움을 아는 마음이 아니라 내가 이런 행동을 하면 상대가 어떻게 생각한다는 것을 빤히 알면서도 이를 대수롭잖게 생각하고 밀어붙이는, 우연을 가장한 고의적 가학 행위가 담겨있다고 봅니다. '얌치' 보다 '얌통머리' 라는 억양이 드센 속언을 더 많이 쓰는 것도 그런 뉘앙스를 담고 있기 때문이 아닌가 합니다. 심하게는 '야마리' 로 까지 쓴다지요.

고층에서 꽁초를 버리는 일, 차선(장애인 주차 등)을 위반한 주차, 위층의 소음, 녹지의 강아지 용변 등 모두가 '얌통머리' 없는 짓들입니다. 하면 안 되는 일인 줄 다 알고도 태연히 하니까 말입니다. 아파트 생활의 불협화음은 거의 모두가 이런 '얌통머리' 없는 짓에서 생기는 일들입니다.

홍세화 씨는 《나는 파리의 택시운전사》에서 오늘 프랑스가 문화적으로 선진국이 된 큰 힘은 '똘레랑스(tolerance)', 즉 상대를 배려할 줄 아는 정신 덕분이라 했습니다. 내 것을 인정받으려면 먼저 남을 인정하고 이해하고 배려한다는 정신이 바탕에 깔려있다는 것입니다.

스트레스는 누구에게나 상처가 될 수 있으며 아파트 생활의 스트레스는 거의 모두가 '얌통머리' 없는 사람들의 소행에 원인이 있습니다.

한 컨설팅 전문 업체 조사에 따르면 스트레스는 대화나 운동 시간의 경과로 해소하는 경우가 대부분이지만 그 가운데 4.7%는 제

공자에게 복수를 계획한다는 통계가 있습니다.

앞서 말한 경비원의 죽음과 가끔 지면에서 만날 수 있는 아파트 단지의 불미스러운 일들이 그런 경우가 아닌가 합니다. 2년여 경비원 생활을 하면서 터득한 아파트 생활의 금과옥조(金科玉條), 즉 알찬 소프트웨어를 찾아본다면 그건 역지사지(易地思之)의 자세와 아파티즌으로서의 '노블리즈 오블리주'라고 생각합니다.

지금까지의 이야기 가운데 한 가닥이라도 읽는 분들의 반면교사(反面敎師)가 되어준다면 그 이상 고마운 일이 없다고 생각하며 이 글을 마칩니다.